AF400202

Töten mit Azteken

Ein federleichter Thriller

Leben mit Azteken - Buch 2

von

Paul Kaufmann

© 2024 Paul Kaufmann

Verlagslabel: Kap Kishon

Teil der Romanlandschaft Kap Kishon
www.kapkishon.com

ISBN Softcover: 978-3-384-12812-6

Druck und Distribution im Auftrag: tredition GmbH,
Heinz-Beusen-Stieg 5, 22926 Ahrensburg, Germany

Das Werk, einschließlich seiner Teile, ist urheberrechtlich
geschützt. Für die Inhalte ist der Autor verantwortlich.
Jede Verwertung ist ohne Zustimmung unzulässig. Die
Publikation und Verbreitung erfolgen im Auftrag von
KapKishon , zu erreichen unter. tredition GmbH,
Abteilung "Impressumservice", Heinz-Beusen-Stieg 5,
22926 Ahrensburg, Deutschland.

Willkommen

Willkommen im zweiten Teil der Thriller-Reihe „Leben mit Azteken".

Eingangs eine Bitte: Dieses Buch spielt in der Welt der Kartelle, des Kriminellen. Bitte nicht erschrecken!

Da sterben die Protagonisten wie die Fliegen, töten, morden, erscheinen den Laien überraschend skrupellos und gehen Freundschaften mit Mördern ein. Nicht missverstehen: Die meinen das nicht persönlich.

Auch die Hauptfigur nicht, nein, in dieser Welt gelten andere Maßstäbe und Regeln. Sie töten, um zu überleben. Du musst schneller sein als deine Gegner, denn du hast nur ein Leben. Du musst mit Mördern befreundet sein, damit du sicher bist. Einigermaßen sicher.

Also vergiss das mit der Moral und dem Skrupel. Urteile nicht zu schnell über Ria. Du würdest genauso handeln wie sie. Ach nein, das würdest du nicht. Nicht so gut, nicht so sinnvoll, nicht so rücksichtlos, denn Ria ist perfekt. Sie ist perfekt effektiv, ideales Instrument des Guten im Bösen. Sie ist eine durch und durch Gute und weiß, wohin sie gehört, nur fehlt ihr manchmal der Überblick.

Kein Wunder. Stelle dir vor, du wärest an ihrer Stelle. Ach nein, tue das lieber nicht.

Paul Kaufmann

Vorwort

Bogota ist keine Stadt. Es ist auch kein Land, nein, es ist nicht einmal ein Ort.

Für die Azteken ist das anders. Das hat Ria lernen müssen in den letzten Wochen. Für die Azteken, dieses südamerikanische Kartell ist Bogota überall. Bogota ist ein Synonym, Verschleierung, soll die Gegner verwirren. Wer nach Bogota geschickt wird von Seiten dieser kriminellen Vereinigung, der steht im Feld. Der steht an der Front, muss den Machenschaften nachgehen und die schmutzige Arbeit tun.

Dementsprechend war Ria enttäuscht. Es gehe nach Bogota hieß es und sie hatte sich schon gefreut. Vielleicht ginge ihre Reise ja sogar direktamente ins Hauptquartier, von dem niemand weiß, wo es in Wahrheit ist. Bogota klang schön.

Doch da wird nichts draus. So einfach ist es nicht. Alles ist ganz anders als gedacht, was für eine kriminelle Organisation ein Vorteil ist. Je mehr Ria erfährt, desto mehr versteht sie, dass sie keine Ahnung hatte, wie das Kriminelle funktioniert.

Ja, Ria lernt viel Neues in diesen ersten Wochen.

Ihr erinnert euch, hoffentlich, denn dieses Buch setzt die Kenntnis des ersten Bandes „Schwester und Azteke" voraus. Ohne das, ohne die Kenntnis über diese munteren Erlebnisse Rias, macht dieses Buch hier keinen Sinn.

Ich rate zum Stopp, ist dir „Schwester und Azteke" unbekannt. Stoppe, hier und sofort! Ich rate dringend dazu, denn sonst macht es keinen Spaß. Du kennst Ria nicht, weißt weder um ihre Stärken noch ihr Schwächen; erkennst weder ihre Freunde noch ihre Feinde, wobei das nicht selten die Gleichen sind.

Nicht ohne Grund, sind die Kapitel über die Bände hinweg durchnummeriert. Es ist eine große Story.

Halte inne! Hier an dieser Stelle! Ich verrate in den kommenden Zeilen zu viel, dann ist der Spaß für dich dahin. „Krankenschwester und Azteke" ist zu gut, als dass man es im Nachhinein liest. Es lebt vom Überraschungseffekt.

Wo waren wir im letzten Band?

Ria, eine sechsundzwanzigjährige Krankenschwester, blond und freundlich und vermeintlich harmlos ist über Umwege und Wirrungen Mitglied eine der gefährlichsten kriminellen Organisation der Welt geworden. Die Azteken. Sie hatte einen ihrer Bosse zur Flucht verholfen. Dumm gelaufen, denn damit nimmt das Elend seinen Lauf. Hast du einmal Kontakt zu den Azteken, bist du automatisch Mitglied oder tot und gelöscht.

Die Azteken kennzeichnen ihre Mitglieder, den inneren Kern, das Kernpersonal mit einer Tätowierung auf dem Handgelenk. Ria ist mit einem solchen aufgewacht nach einer wilden Nacht. Sie hatte sich als nützlich für die Verbrecher erwiesen und damit gehört sie dazu, ob sie will oder nicht. Sie ist Mitglied, Aztekin, und für sie ist es beides: Rettung und Gefahr.

Rettung ist es, wird sie doch gejagt von Drachen, einem anderen Kartell. Geht es nach ihnen, so ist sie so gut wie tot.

Gefahr ist das Aztekensein für Ria, ist sie doch eigentlich Polizistin. Ja, die quirlige Krankenschwester mit den blonden Locken ist undercover. Perfekte Tarnung der Machart blond, Frau und harmlos. Sie soll die Azteken unterwandern, das ist ihr Auftrag.

Irgendwo an oder in ihr ist ein Mikrofon implantiert, das Mithören für die Polizei möglich macht, wenn, ja, wenn ... hiermit verrate ich ein wichtiges Detail: Es immer wieder per Induktion aufgeladen wird. So hat Ria eine ausgeprägte Liebe zu ihrem neuen Handy entwickelt, genaugenommen der Ladestation. Die nimmt sie nämlich gelegentlich wie aus Versehen mit in ihr Bett.

Das klingt technisch und ist es auch. Abhörtechnik der modernsten Sorte ist es, unsichtbar unter der Haut und sehr geheim. Anders ist diesen kriminellen Organisationen gar nicht beizukommen heutzutage. Alle Seiten rüsten ständig auf.

Mit diesem Mikrofon ist sie ein Spion, wie eine Sonde weltweit einsetzbar und ihr Ziel ist das Herz der Azteken. Sie soll die Schlange sein, die den König der Azteken verspeist. – So besagt es die Legende, der Aztekenglaube.

Wie alle Technik, besonders die gute und moderne, kann sie versagen. Ein Wackelkontakt reicht bereits aus. Ihr ahnt es: An dieser Stelle lauert die Gefahr, ist das Ding unter ihrer Haut doch die Nabelschnur zu ihren Kollegen da draußen in der weiten Welt. Damit sendet sie unerkannt aus dem Feindesland, ist verbunden, doch ohne diese Nabelschnur ... na, wartet ab.

Und Ria ist nicht allein. Da sind noch andere Agenten unterwegs in dem Kartell und unterwandern und berichten so gut sie können. Nur wer sie sind und wessen Nationalität, weiß Ria nicht.

Die Lage ist komplex.

Einstweilen spielt das aber keine Rolle, denn Ria ist mit ihren Kollegen Paff und Peng in Bogota, meint überall. Paff und Peng so nennt Ria ihre Azteken-Geschwister. Sie scheinen wie Zwillinge, sind gelebtes Killer Image. Ähnlich groß, ähnlicher Statur, beide Glatze, dunkler Blick und ruhig vom Temperament mit Mitte dreißig sind sie immer gut gekleidet, gerne in Seide, hart im Wesen, südamerikanisch und aalglatt.

Diese Killer des Kartells mit dem Spleen zum Schweigen, zur Synchronität und haarsträubender Brutalität sind der lieben Ria richtig ans Herz gewachsen die letzten Wochen. Kein Wunder ist das, da sie keine andere Gesellschaft hat. Sie leben aus Koffern, ziehen zu dritt – manchmal mit Verstärkung – durch Europa und erledigen die dreckigen Jobs.

Und Ria hat zudem jede Illusion verloren. Sie dachte, sie wäre pfiffig und auf Draht: Doch ihre Ausbildung bei der Polizei war ein Pups, Beamtenkram, blanke Theorie. Ja, sie war die Beste bei allen Schießübungen und taktischen Trainings. Sie wurde gefeiert und war sehr selbstbewusst. Doch dann erlebte sie ihre neuen Brüder Paff und Peng in Aktion und ihr Selbstbewusstsein war dahin. Was Waffen und Schießen angeht, ist sie ein Laie. Gäbe es eine Aufnahmeprüfung für Killer der Liga Peng und Paff, sie wäre durchgefallen mit Pauken und Trompeten. Sie sind schneller, versierter, sicherer und gewiefter und das mit allem und um die Größenordnung von Häuserreihen.

Es macht eben doch einen großen Unterschied, hat man in Parcours geübt, oder im wahren Leben. Ihre neuen Lehrer sind im Kriegsgebiet südamerikanischer Drogenkartelle großgeworden. Wenn die Kugeln fliegen, und erst dann, beweist sich, wer kann und wer nicht. Ihre Lehrer sind Killer und töten. Auch für sie ist es nicht Alltag – meint jeden Tag –, aber sie können und spüren keine Widerstände, haben kein Gewissen und gehen astronomische Risiken ein.

Und Ria kann es nicht, noch lange nicht, selbst wenn sie wollte und nicht zehn Prozent davon so gut wie ihre neuen Brüder. Die sind eiskalt und klar und immer besonnen, in jeder Situation. Der Grund ist offensichtlich: Es sind Psychopathen in Seidenanzug. Sie spüren weder Angst noch Mitleid noch Moral noch Skrupel. Ria aber schlägt das Herz bis zum Hals, bewegen sie sich in der Öffentlichkeit oder müssen einen Auftrag erfüllen.

Doch es gibt immer zu tun. Erpressungen müssen durchgesetzt, die Autorität des Kartells wiederhergestellt werden. Geldtransporte, Übergaben, Zeugenbefragungen mit und ohne Folter, Leichenentsorgungen, all dieser Kleinkram. Tagesgeschäft.

Ria lernt schnell, denn auch in der kriminellen Welt gilt: Irgendetwas ist immer und immer wieder neu. Irgendwer hat einen Fehler gemacht und dann kommt sie mit ihren Azteken-Brüdern Paff und Peng und bügeln das wieder glatt. Sie sind die Feuerwehr des Kartells!

So hat Ria beigebracht bekommen, alles sei eine Frage des Timings, der Überraschung. Rücksichtslosigkeit hilft und die wichtigste Methode ist Angst. Angst und Schrecken betreiben die Brüder Paff und Peng und sie sind gut. Sie sind die Besten der Besten der Welt und Ria ist ihr Padawan. Sie ergänzen einander, ja, Ria füllt sogar eine Lücke, von der vorher keiner wusste, dass es sie gibt!

Wo die Brüder auffällig sind, ist sie unsichtbar, blondgelockt und harmlos. Das kann sehr nützlich sein. Sie ist perfekt darin die Lage zu sondieren, vorausgeschickt zu werden oder Schmiere zu stehen. Ja, manchmal scheint es, als sei sie ausgebildet darin unverfänglich, oder verführerisch arglos-niedlich zu sein, dabei ist sie eine Killerin im ersten Lehrjahr. So wickelt Ria die Gegner ein und Paff und Peng kommen von hinten und machen kurzen Prozess.

Zwar ist sie noch kein vollwertiges Mitglied an der Front, kein Killer oder Killerin, der oder die alles kann, aber sie ist nützlich und wird von Tag zu Tag besser. Sie hat Talent. Was fehlt, ist die Erfahrung.

Auf gut Deutsch: Paff und Peng sind zwar gekleidet in Seide, aber fürs Grobe, Ria läuft in Leinen und ist eher fürs Feine.

Ist ja auch viel netter zu dritt durch die Lande zu ziehen und nehmen sich die Jungs Nutten, macht Ria mit.

Sexuell klappt es sowieso supergut! Ständig diese Spannung, Mord und Totschlag und dann diese Erregung, Lebensgefahr und der Druckabbau danach ... und dann zwei! Und einer fickt härter als der andere! Was das angeht, ist Ria im Himmel. Stehe einmal ruhig als junge Frau, wenn du gemeinsam mit Mördern ein Hotelzimmer nimmst? Gar nicht leicht, besonders, wenn es nicht deine Mörder sind. Gewalt macht geil. Traurig, aber wahr. Es kann süchtig machen.

Das ist die Ausgangssituation. So ist die Lage und es ist Mitte August. Marseille. Frankreich. Sie sind zu dritt und in der Unterzahl.

Blenden wir hinein in die Geschichte, starten wir. Schauen wir Ria zu, wie die Undercover-Polizistin in dieser feindlichen Umgebung überlebt.

Und: Sei gewarnt. Genau wie im ersten Band gilt: Nichts ist, wie es scheint.

Kapitel XXVIII

„Ich kann ja nichts dafür. Das hat mein Boss geschrieben", erklärt Ria das Offensichtliche, bleibt aber freundlich und macht eine Schnute. Niedlich ist es, wie sie da steht in ihrem Sommerkleidchen mit den aufgedruckten Blümchen, den Sandaletten und lustigen Armreifen an den Handgelenken. Eine fröhliche, muntere, junge Frau, mit blonden Locken und guter Laune ist sie und alles, die ganze Szene scheint harmlos zu sein. Dabei ist es das Gegenteil.

Sie schaut noch einmal auf ihr Handy und wartet auf einen neuen Befehl. So war das nicht gedacht, aber wenn die Verhandlungspartner Änderungen wollen ... was soll sie machen? Sie ist nicht autorisiert. Sie darf hier nicht bestimmen. Dürfen Frauen in Blümchenkleidern übrigens nie und wollen es nicht. Deshalb tragen sie die ja.

Das Handy summt, die Nachricht trudelt ein und alles soll bleiben, wie es ist. Nachverhandelt wird nicht, melden die Götter aus dem Azteken-Olymp. Ria lächelt dazu, dabei wird ihr heiß und kalt gleichzeitig. Ihr Herz schlägt wie verrückt, denn sie hat keine Ahnung, wie das hier, diese Szene gut ausgehen soll für sie. Ihr fehlt die Erfahrung, sie sieht keine Möglichkeit.

Sie steht in einer Suite des Mirabell, einem Hotel, vier Sterne mitten in Marseille, fünfter Stock und Rias Gegenüber gehören nicht hier hin. Das Zimmer ist edel, die Gäste aber sind Gangster, Gangster der Straße, Schmalspurgangster. Sie sind hier in komplett falscher Umgebung. Ihre Hände stecken in den Taschen, schludrige Sachen, der Boss hängt mehr in dem Sessel als, dass er sitzt.

Es fehlt nur noch, dass sich einer eine Bong anzündet. Absolut unprofessionell diese Gang, oder vielleicht auch einfach eine andere Liga als Peng, Paff und Ria.

Und da ist dieser kulturelle Unterschied. Sie sind Maghreb, Marokko vielleicht. Schnelle Augen und coole Attitüde haben alle. Nur das mit der Bildung und dem Benehmen und der Körperpflege ... drei sind mit Bärten, drei ohne, hellhäutiges Afrika. Sie grinsen und tun, als gehöre ihnen nicht nur die Suite, sondern, als gehöre ihnen das halbe Land.

Ria und ihre Azteken-Brüder Peng und Paff sind umzingelt in einer fremden Stadt. Marseille ist nicht ihr Terrain, keine gute Umgebung für Verhandlungen in kriminellen Dingen. Das kann schnell eskalieren und dann ist man unangenehm tot, denkt die Ria, die keine Erfahrung hat und hat Angst.

Peng und Paff. Sie stehen links und rechts von ihr im Seidenanzug und verziehen keine Miene. Ihre Köpfe sind rasiert, ihre Blicke geradeaus. Mit den Händen locker verschränkt warten sie die Verhandlung ab und Ria scheint es, als strapaziere diese Situation über Gebühr ihre Geduld.

Ria führt das Wort. So ist es vereinbart. Sie führt aus, was zu sagen ist, obwohl sie der Lehrling ist. Reden kann sie gut. Ihre Stärke ist das Plappern. Die Stärke ihrer Brüder ist die schiere Präsenz. Ja, die beiden sind die pure Gefahr, Boten des Syndikats mit wulstiger Ausbuchtung links unterhalb der Achsel, da, wo die gewaltigen Waffen in ihren Schulterhalftern hängen, und die Seidensakkos zerknautschen. Beeindruckend ist jeder für sich und sie sind zu zweit!

Wer aber nicht beeindruckt ist, ist das Gegenüber, die frotzelnden und lachenden jungen Männer. Das hat Ria noch nie erlebt. Normalerweise haben Verbrecher – und zwar alle – vor den Azteken Angst. Niemand steht höher in der Hierarchie, aber die hier ...

Ria befürchtet, diese Helden der Straße, genaugenommen sind es nur ihre Boten, sind zu verstrahlt. Vielleicht haben sie ein bisschen zu viel Klebstoff neben ihren brennenden Tonnen geschnüffelt, da wo sie wohnen. Irgendetwas dieser Art wird es sein. Ria weiß nicht, ob es in Marseille brennende Tonnen gibt, sie vermutet es nur.

Nein, diese Pfeifen wissen nichts von der Gefahr, was in der Summe dann sehr gefährlich für alle ist. Ist Dummheit immer ... so es hier denn Dummheit ist, nicht echte Überlegenheit. Genau das fürchtet Ria. Sie sind in Marseille. Es ist deren Stadt und Gangster wissen das.

Wie erwähnt, Ria fehlt die Erfahrung, die gefühlte Sicherheit, die innere Gewissheit, dass nackte Gewalt, präzise und zielgerichtet ausgeführt, alle Probleme lösen kann. Sie ist zu neu in dem Job und daher ist sie nervös. Sie kann nicht so ruhig stehen wie ihre Brüder, unmöglich.

Und das Gegenüber, diese Bande, sie sind zu sechst und füllen mit ihrem schlechten Benehmen die halbe Suite. Ria und ihre Brüder sind nur zu dritt. Eigentlich nur zu zweit, denn Ria mit ihrem dummen Sommerkleidchen gilt nicht. Zu wehrlos, kein Faktor im Spiel, nur potentielles Opfer. Auch nicht schön für sie. Ria ist nicht gerne Opfer und will es nicht sein.

Das Handy glitscht in ihrer Hand, denn ihre Hände schwitzen. Ria hat Angst und ganz viel davon. Die Maghreb-Kumpanei tut nur so kindlich. Sie kann ihre Waffen unter den Hoodies und den Lederjacken riechen, ja, eine hat sie aufblitzen sehen. Es sind Kinder mit Knarren!

Trotzdem und geradedeshalb: Hochbrisant ist diese Szene im fünften Stock des Mirabell. Die Luft knistert, doch die Jugendgruppe – mehr als das sind die kleinen Gangster nicht – tut weiter lässig cool.

Noch eine neue Nachricht trifft ein auf Rias Handy, bestätigt die erste und damit ist alles klar. Ria liest sie vom Display ab, was ihr leider keine Erleichterung verschafft. Nicht emotional, null, im Gegenteil, denn es bleibt dabei.

„Es bleibt dabei", spricht sie wieder, zuckt mit den Schultern und lächelt beinahe zärtlich. Versuche einmal, in einem Blümchenkleid Autorität auszustrahlen, einfach ist das nicht. Nicht wenn die Zuhörer aus Marokko übergesetzt sind und gerne mit Waffen spielen. Alles ist Schauspiel von Ria, vor Nervosität fällt sie beinahe um.

Den Deal, den sie da für die Azteken vertritt, hat Ria nicht verstanden. Das ist hohe Banditenkunst und drittes Lehrjahr. Irgendein Speicherchip wird getauscht gegen eine Sporttasche. Das weiß sie, mehr nicht.

So etwas kennt sie schon. In der Tasche ist Geld. Ist es immer. Dafür sind diese Dinger schließlich genäht. Nur unkundige und arme Leute füllen Sportsachen hinein und gehen in Fitnessstudios damit. Nein, diese Taschen übergibt man an maskierte Männer mit vollautomatischen Waffen oder nimmt sie maskiert Männern mit Hilfe vollautomatischer Waffen ab. Dafür sind die da, hat Ria gelernt die letzten Wochen.

Beides, Chip und Tasche, liegt, bzw. steht auf dem Hotelzimmertisch und ist so gut wie getauscht.

Den Chip hat Ria mitgebracht, die Tasche die Idioten aus dem Maghreb. Jetzt wird aber nachverhandelt und ihr Aztekenboss am Handychat weigert sich und lässt sich nicht darauf ein.

Ria kann nichts dafür, wie gesagt, und beißt auf ihre Unterlippe. Sie ist doch nur die Botin, die Nachrichtenüberbringerin, dazu die einzige Frau im Zimmer. Von den Wänden trieft das Oeuvre der Gewalt und ihre Partei ist in der Unterzahl. Ihre Chancen stehen schlecht.

So fröhlich wie ihr möglich ist, schaut Ria die billigen Gangster an. Was für Nullen! Schon rein optisch. Unrasiert, einer sogar noch mit Pickeln und schlecht gekleidet sind sie alle. Einer trägt golden Vans. Das tut weh! Stilistisch abscheulich.

In dieser Frage ist die Ria richtig stolz auf ihre Brüder. Maßanzüge und Rasierwasser und das immer! Sogar unter der Dusche! Nein, das war ein Scherz, dort nicht.

Die Lage ist klar. Das da auf der anderen Seite des Hotelzimmertisches sind die Anfänger, die Nieten und sie hier, sind die Könner und die Gewinner.

Sie müssen nur noch gewinnen, denn drei zu sechs ist das Zahlenverhältnis und alle haben Knarren.

„Kein Verhandlungsspielraum tut mir leid", pokert Ria mit enger Kehle, da ihre Verhandlungspartner nicht einverstanden sind.

Da endlich, der angebliche Anführer, ein Jüngling mit Vollbart, schwarzen Augen und lässigster Attitüde, nickt und atmet einmal durch.

„Okay, und jetztä? Stät das auch auf deine doofe Handy?, fragt er mit kräftig viel französischem Dialekt sehr unverschämt, als sei Ria am Zug.

Die schaut auf ihr Handy und räuspert sich. „Hier steht ...“ – es ist gelogen, das steht dort nicht – „... hier steht, ihr sollt den Chip nehmen, die Tasche hierlassen und verschwinden“, wirft sie in den Raum, macht eine Geste des niedlichen Bedauerns und zuckt mit ihren zarten Schultern. Sie kann das nicht anders, sie ist eine Frau.

Das Gegenüber nimmt den Chip vom Tisch und flippt mit ihm gegen seine andere Hand, tut so, als sei er ein richtig gefährlicher Gangster.

Einer im Hintergrund ruckt an seine Lederjacke, was wirklich gefährlich ist in Anbetracht der Waffe in seinem Hosenbund.

„Das stäht da?“, fragt ihr Anführer belustigt und Ria nickt, schaut wieder auf das Display, wie eine Schülerin, die sie ja ist.

„Genaugenommen steht das hier so ...“, beginnt sie neu, ist eine Spur kokett, schwitzt unsichtbar Blut und Wasser und tippt mit ihrem Finger auf ihre Lippen, als müsse sie die Nachricht deuten. „... hier steht, wir geben einem von euch den Chip, der darf dann gehen und euren Chefs melden, wie gefährlich wir sind. Zumindest sinngemäß“, spricht sie und schaut wieder auf. Es klingt bescheiden aus ihrem Mund. Wieder macht sie eine Schnute, lächelt und wartet ab.

Jetzt versteht Ria die Situation und weiß, wie alles weitergeht und enden wird. Natürlich! Warum ist sie da nicht gleich draufgekommen? „So ist das gemeint", wird ihr klar und nun wird ihr Lächeln echt und ihr Gefühl angenehm sicher. Vielleicht ist das mit der Überzahl der Gegenpartei doch nicht so dramatisch und ... sagen wir: vorübergehend.

Der Anführer mit dem Chip in der Hand lacht und schaut sich einmal nach seinen Kumpanen um. Einer seiner Zähne ist aus Silber. Proletariat, Unterklasse ... ganz klar. Dann ist da ein kurzer Moment, eine Irritation in seinem Gesicht zu erkennen. Etwas von dem was Ria sprach, hat er nicht richtig verstanden.

„Oder wir machen es anders", spricht er tollkühn und es hört sich wie Widerstand an. Er greift zur Tasche, nimmt sie auf vom Tisch, doch Ria schüttelt den Kopf.

„Du hast nicht verstanden. Nur einer geht, Singular", erklärt sie sanft, lächelt und dreht sogar an einer ihrer blonden Locken. Sie kann es nicht lassen, die Geste ist so schön.

Ria ist im Herzen eben doch Polizistin durch und durch und kann solche miesen Gangster wie die vor ihr nicht leiden. Das sind die Schlimmsten. Die verführen Kinder zu Drogen und schicken Frauen auf den Strich oder schlimmer: bezahlen ihre Steuern nicht.

„Das ist nicht der Chip, der ist fake. Den echten hat mein Bruder in seiner Tasche", spricht sie und kippt ihren Kopf zu ihrem Bruder links von ihr.

Irritiert springt noch eine Viertelsekunde der Blick des Gangsters, die Zahnkrone funkelt ohne Verständnis dahinter und dann geht es schnell.

Zehn Schüsse in rasanter Folge und um Ria springen rechts und links die Patronenhülsen in der Luft. Es ist ein wahrer Messingregen. Es ist laut und donnert im Zimmer, als trommele eine Büffelherde gegen Wände und Tür. Dann ist es vorbei und die Ganoven aus dem Maghreb liegen kreuz und quer auf dem Boden. Peng und Paff stecken ihre Waffen wieder ein, wobei die Sakkos bei aufgeschraubtem Schalldämpfer hinderlich sind. So fallen die Gesten noch größer aus, als sie eh schon sind.

Nur ein kleiner Gangster steht noch mit offenem Mund im Zimmer, wie ein verfehlter Kegel beim Bowling. Er ist nicht gefallen, wurde von keiner Kugel getroffen. Es ist der mit den Pickeln, der jüngste. Fassungslos steht er, blinzelt als einziger Nichtgefallener, steht stocksteif und in der Luft schwebt der spezifische Geruch von abgebrannter Nitrozellulose, dem verschossenen Pulver.

Rias linker Bruder – Paff – reicht dem kleinen Magrebh-Jungen den Chip mit ruhiger Geste. Er hat ihn aus seinem Sakko gezogen. Wie in Zeitlupe nimmt der Junge ihn entgegen, wagt es nicht mit den Wimpern zu schlagen, geschweige denn zu atmen. Ja, er sabbert sogar.

„Sag ihnen, man kann mit den Azteken verhandeln. Grundsätzlich schon, aber nicht so", erklärt Ria sehr freundlich und der Junge versteht.

Kapitel XXIX

Und jetzt schnell schnell, durch den Hotelflur, Notausgang, Treppen herunter, einen Stock tiefer und wieder die Gänge zurück mit schnellen Schritten. Sie eilen und Ria trägt die Tasche. Das ist die Regel. So haben Peng und Paff die Hände frei. Noch ein Vorteil, sind sie zu dritt.

„Boah, wieso ist das immer so laut? Ich denke, das sind Schalldämpfer, verdammte Scheiße!", flucht Ria überlaut. Es brummt in ihren Ohren.

Jaja, sie weiß schon, das ist nur im Film so leise. In der Wirklichkeit sind Schüsse auch mit Schalldämpfer laut, zumindest in geschlossenen Räumen. Es ist kein leises Plopp oder Popp, es ist und bleibt ein Knall und fällt auf. In diesem Fall zehn. Zehn Schüsse. Schon daher müssen sie sich beeilen. Dem Pickelgesicht aus Maghreb haben sie sogar noch einen Schubs gegeben, damit er, der arme Teufel, sich in Bewegung setzt. Ist ja niemandem geholfen, wird der Arme dort von der Polizei festgesetzt.

Fünf Tote in einem Zimmer, das könnte Ärger geben, also raus aus der Stadt. Nicht die Polizei ist das Problem, nein, die Bewohner des Maghreb. Die sind die Gefahr, denn sie sind in Marseille ziemlich viele und dann doch wirklich eindeutig in der Überzahl.

Sie huschen an billigen Bildern und Zimmertüren vorbei, ein dicker Teppich dämpft ihre Schritte. Ria drückt mit der freien Hand auf ihr Ohr, denn es summt und sirrt darin. „Man eh, klarer Fall für Berufsgenossenschaft. Bin ich versichert?", meckert und fragt sie und bekommt keine Antwort.

So ist sie die Ria. So anders als ihre Azteken-Kollegen. Immer hat sie einen lustigen Spruch auf den Lippen, während die anderen lieber schweigen. Doch es ist nicht lustig, nicht Witz oder Scherz, es ist Übersprunghandlung. Jeder macht das anders, geht anders mit dem Druck, der Empörung, der Angst und der Schwemme an Adrenalin im Blut um. Ria muss plappern, reden und dumme Kommentare geben. Sie muss ausagieren, irgendwie ihre Energie verlieren. Die muss heraus aus ihrem Körper, sonst verglüht sie und am liebsten würde sie sich das Kleidchen vom Leibe reißen, das mit den aufgedruckten Blümchen.

Ihre Kollegen in den Seidenanzügen sind da ganz anders. Sie genießen schweigend ihren Erfolg, ohne eine Miene zu verziehen. Die machen das anders mit der Energie. Für sie ist es einfach, sie haben ja geschossen und waren aktiv. Töten befreit.

Später im Zug nach Grenoble – der nächste Job ruft – sind auch Peng und Paff entspannt und gelöst. Die Brüder, die keine Brüder sind - sind ja nicht immer synchron und so ernst und schweigsam. Sie können auch lustig und leger. So haben beide die Krawatte gelockert, schon vier Mal gelächelt die letzten zwanzig Minuten und zur Feier gibt es Mineralwasser mit Bitzel! Diesen Frohsinn hat Ria eingeführt. Mit Bitzel! Man muss die Feste feiern, wie sie fallen und notfalls, so wie heute im Bordrestaurant des TGV.

Nein, es macht Ria nichts mehr aus. Okay, fünf Tote, das war jetzt viel, zugegeben, aber sie werden in keiner Statistik auftauchen, weder in ihrer noch in einer offiziellen.

Nervosität ja! Oh ja, die hat sie und wie! Jedes Mal! Auch bei kleineren Sachen, auch bei dem ohne Gewalt. Es könnte ja etwas schiefgehen! Es könnte ja einmal die kleine Ria tot am Boden liegen. Das wäre dumm.

Aber schlechtes Gewissen? Nein. Es waren miese Verbrecher, Ganoven, Halunken, Mörder vielleicht. Die liegen auf dem Teppich im Mirabelle, nicht irgendwelche friedlichen Bürger. Wo kämen wir denn da hin, würden wir uns die Arbeit machen und alle Gangster sorgfältig einsperren? Und die Kosten für die Gefängnisse? Das liefe ja völlig aus dem Ruder! Nein! Da muss sie als Beamtin im Herzen – das undercover gilt – die Notbremse ziehen, auch wenn sie hier in Frankreich ist.

Auf dem Boden des Hotels war und ist die sauberste Lösung und auch im eigenen Interesse der Grand Nation. Das haben ihre Brüder richtig gemacht, schließlich war es ja schon auch irgendwie ein wenig „sie oder wir". Notwehr, sechs zu zweieinhalb, ganz klarer Fall.

Das ist sowieso so eine Sache: Ria hat ihren Moralkodex umgestalten müssen die vergangenen Wochen. Ihr neues Leben erfordert mehr Flexibilität in der Frage töten oder leben lassen. Diebstahl, Eigentum, körperliche Unversehrtheit ... alles sind schwammige Begriffe, die sie neu einordnen musste. Viel zu tun. Vor allem: Die Notwehr muss weiträumiger ausgelegt werden. Es war Notwehr da auf dem Zimmer in Mirabelle, was denn sonst?

Schöne Worte. Es sind Ablenkungsmanöver des Geistes. In Wahrheit ist Ria erleichtert, dass sich die Gangster nur gegenseitig umbringen. Bis jetzt. Die Inner-Verbrecher-Konflikte dominieren. Nicht schön, aber ... nicht schlimm. So hält sie sich moralisch über Wasser. Der Gedanke ist ein Rettungsboot, ein letztes Floß der Ethik im brennenden Wasser der Realität. De facto mordet sie mit. Im Blümchenkleid.

„Ich mag Frankreich nicht", spricht Peng und schaut aus dem Fenster. Dort hinter der Scheibe zieht Frankreich vorbei. „Nein, ich auch nicht", stimmt Paff zu und nippt an seinem Mineralwasser „mit".

Vier Minuten schweigen sie.

Ria hat ihren Lockenkopf auf Paffs Schulter gelegt und lächelt dazu. Sie mag es, wenn ihre Kollegen gesprächig sind. Sie sind lustig und das ohne Mimik!

„Es sind immer entweder so Lackaffen, oder miese Einwanderer", spricht Peng und Paff nickt.

Ria hört aufmerksam zu, wie immer. Vielleicht lernt sie ja wieder etwas. Sie hört hin. Sie hören hin. Plural, sie und ihr Mikrofon.

„Ich mag diese Einwanderer nicht", spricht Paff ruhig und weiter rauscht Frankreich im Fenster vorbei.

„Ich kannte einmal einen Einwanderer. Hamit", spricht Ria und nimmt ihren Kopf nicht von Paffs Schulter, streckt ihre Beine aus, lang und überschlagen.

Die beiden Killer haben ihren Kopf zu ihr gewandt und schauen sie ausdruckslos an. „Was war mit ihm?", fragt der eine. „Ja, was war mit ihm?", fragt der andere. Ria grinst. „Hamit ist cool, der ist voll in Ordnung", gibt sie zu und lächelt beide weiter an. „Er war cool?", „Ja, er war cool", nickt sie wieder und drückt an ihrer Nase, denn sie juckt. Beide Killer nicken bedächtig. „Das ist gut. Das ist gut. Hamit ist cool", spricht Paff. „Ja, das ist gut, dass Hamit cool ist", spricht Peng und alle schauen sie aus dem Fenster und Frankreich rauscht vorbei.

Das war jetzt gut. Das war wichtig für Ria. Sie sollen es wissen. Hamit ist cool. Man weiß ja nie ... die Welt ist klein.

Kapitel XXX

Jetzt klingt das ja alles schön und gut und als sei Rias Leben ein riesengroßer Spaß und ein schillerndes Abenteuer. Berufsbild Berufsverbrecherin! Wird gerne verfilmt. Was für eine Erlebniswelt, so viel Leben und sie mittendrin und Geschwister hat sie auch – zumindest auf der Basis der Tätowierung.

Trotzdem ist nicht alles gut. Zwar kommt sie schon viel herum, sieht viele neue Ort und oft auch in Luxus und nichts ist zu teuer, denn wenn es an einem nicht fehlt, dann am Geld.

Nein, dieses aus dem Koffer leben ist nicht das Problem, das macht ihr nichts aus.

Es ist der Job. Die nervliche Belastung. Alles ist noch so neu für sie und auch, wenn sie als Polizistin eine Ausbildung in Sachen Kriminalität genossen hat, auf der anderen Seite, der bösen, der dunklen, ist es so anders. Natürlich ist es nicht jeden Tag so wie zuvor aus dem Mirabelle berichtet. Fünf Tote und einer mit Pickeln und Trauma bleibt übrig. So brutal ist es nicht immer. Das war eine Ausnahme, klar.

Nein, Ria weiß, auf Dauer ist das nichts für sie. Ihr Traumjob ist das nicht, dabei loben ihre Brüder immer wieder und sagen ihr, wie gut sie das macht. Sie behaupten, sie habe Talent, ganz anders als sie, aber sehr effektiv. „Mit dir macht es mehr Freude", behaupten sie zudem und lachen sich halbtot – ihre Mundwinkel zucken-, wenn Ria irgendwelche Halunken verbal auflaufen lässt. Sie hat einfach den richtigen Humor für diesen Job, behaupten sie, aber das löst nicht Rias Problem der nervlichen Belastung.

Selbst, wenn es nicht mit Schusswechsel endet, nur Erpressung, Drohung oder vertrauliche Gespräche mit Gewaltrahmenprogramm sind – einmal stilecht mit Axt – nein, Ria kommt sich manchmal, wie eine richtige Verbrecherin vor und so war das nie geplant.

Klingt cool, ist es aber nicht. Sie weiß nicht wohin emotional, dabei ist die Arbeit wenig und nur punktuell. Zieht man die endlosen Schießübungen ab und die Fahrtzeiten, kommt sie maximal auf eine Viertelstunde Arbeit am Tag. Das ist ja nichts! Sie kommt aus dem öffentlichen Dienst! Jede Gewerkschaft würde sich die Augen reiben. Nein, es ist dieser Feuerwehrdienst. Das macht Ria zu schaffen.

Immer bereit und warten, warten, warten, warten und dann ganz plötzlich volle Pulle und perfekt sein und löschen. Und manchmal auch Menschen, allerdings hat sie sich davor bisher gedrückt.

Vier Wochen gemeinsam mit Peng und Paff und sie hat noch niemanden umgebracht! Das ist eine Leistung! Okay, der eine gilt nicht, das war eher ein Unfall.

Nein, Ria will nicht mehr Feuerwehr sein, nicht mehr lange, fürchtet aber, dass ihr Arbeitgeber mit einem Jobwechsel nicht einverstanden sein wird. Sie kann da jetzt nicht mehr raus und einfach so die Stelle wechseln und umschulen, dabei hat sie den Job nie gewollt.

Manchmal kommt es ihr so vor, also ob dies alles mit Paff und Peng ein großer Test oder ihre Grundausbildung sei.

Vielleicht reicht das Tattoo als Zugehörigkeit für die Azteken gar nicht aus. Vielleicht ist die Sache größer, tiefer, vielleicht, ja, vielleicht ist Polizistin und Aztekin sein gleichzeitig gar nicht möglich. Ein verwegener Gedanke ist das, aber sie hat da diesen Verdacht.

So gerne würde sie einmal mit ihrem Arbeitgeber sprechen, doch der zeigt sich nicht, ist immer nur kryptischer Handychat.

Das mit dem Sprechen ist überhaupt ein Problem. Peng und Paff sind toll. Großartig sind sie und sie mag ihr Brüder sehr und der Sex ist wirklich ... ach, das Thema hatten wir schon.

Es liegt wohl am Job. Profikiller ... also die richtigen, die echten, sind nicht sehr emotional, eher introvertiert. Lange Gespräche vor dem Kamin oder am Küchentisch, einander das Herz ausschütten, gibt es da nicht. Das kommt nicht vor und so muss Ria alles mit sich alleine ausmachen. Sie ist ja eine Frau und macht das ganz anders.

Ja, so schillernd das alles ist, ehrlich gesagt vermisst Ria ihr altes Leben auf der öden Krankenstation und vor allem Freddy. Sie denkt pausenlos an ihre Freundin. Das waren noch Zeiten, wo sie jemanden um sich hatte, der sprach und besprochen werden wollte. Der sie erzählen konnte, wenn auch nicht alles. Die Freddy. So eine richtige Busenfreundin im Wortsinn. Sie fehlt Ria so sehr und schon so manche Träne hat sie deshalb verdrückt, emotional, einsam wie sie ist.

Nur ist Freddy leider tot. „Patsch" macht ihre leblose Hand auf dem Boden im Flur in Rias Erinnerung. Ria schaudert. Es war so ein widerliches Geräusch. Ihre Freddy, leider gefallen im Krieg der Kartelle und Ria weint.

Und dann wieder nicht, doch nicht! Ist ja gar nicht wahr, wird Ria klar. Freddy ist nicht tot, sie ist nur simuliert gestorben und in Wahrheit am Leben. Das war nur Schminke!

Es ist wirklich tückisch. Bei all diesen Toten, all diese Ebenen, all diesen Realitäten parallel, kommt sie ständig durcheinander und es wird immer mehr. „Aber Kopf hoch", sagt sie sich. Heute Grenoble, ihr neuer Einsatzort mit der Feuerwehr, der hoffentlich diesmal nicht Tatort wird.

Grenoble ist nicht schön. Nicht nur, weil es in Frankreich liegt, nein, hier laufen Franzosen herum und die versteht Ria nicht.

Heute ist frei, doch der nächste Job steht schon fest. Die Jungs sind unterwegs, Sport und Besorgungen und irgendwas. Ria darf die Seele baumeln lassen. Also allein – wieder. Mal wieder alleine tingelt sie einsam ein wenig durch die Stadt.

Paff hat ihr ein fabelhaftes Kleid mit Strohhut gekauft. Genau richtig ist es für den Sommer, edel und frisch orange und türkis. Perfekt für ihren Typ, blond wie sie ist. Aber unglaublich teuer. Meine Herren! Schon was der Strohhut gekostet hat ... so viel wie die gesamte Garderobe in ihrem alten Leben als Krankenschwester wert war. Alles Spesen.

Einmal hat sie ihre beiden Brüder-Kollegen gefragt, wie groß, denn ihr Spendenkonto so sei. Ihre beiden Brüder, Lieblingskiller und Sexpartner haben zunächst gar nicht verstanden, was sie meint. Sie machen den Job schon so lange, haben jedes Maß und jedes Bewusstsein für normale Vorgänge verloren.

„So viel Geld wie in eine Badewanne passt?", hat Ria gefragt. Auf solche Einheiten kommt man, wenn man beruflich ständig Reisetaschen mit Bargeld herumschleppt.

„Eher wie der Atlantik", haben sie geantwortet und da war Ria sichtlich beeindruckt. Der Atlantik ist ziemlich groß.

Seit diesem Moment macht sie sich über Spesen und Geld im Allgemeinen keine Gedanken mehr.

Auch jetzt wieder: Sie hat sich das große Eis gekauft, nicht das Kleine. Ihre Lieblingssorte, nicht das billige aus gefrorener Cola. Ria lässt es im kleinen Maßstab krachen. Eis, so richtiges aus Sahne mit Kugel und Waffel, ist in Frankreich unglaublich teuer. Noch so ein Nachteil dieses Landes. Sie wird einfach nicht warm hier.

Sie hat sich für ein Hörnchen mit Maracuja-Kokos entschieden und schlendert zu der Brüstung. Ein Ausguck ist hier mit halbem Blick über die Stadt. Dächer überall, blauer Himmel mit Schäfchenwolken. Ja, die Szene glitzert im Sonnenlicht und Ria lächelt. „Eigentlich ganz schön", flüstert sie zu sich selbst. Auch, wenn es in Frankreich liegt und den schleimigen Franzosen gehört. Oder den Migranten, wer weiß das schon?

Ria hält inne und runzelt die Stirn. Das war jetzt nicht fair. Das waren Vorurteile und jede Menge davon. Ja, sie ist ungerecht, aber entschuldigt sich mit ihrem persönlichen Unglück. Irgendwo muss ihre Aggression ja hin.

Ria lutscht an ihrem Eis. Kokos – Maracuja und fettig taut die Masse auf ihren Lippen. Pures Schlemmen, ein Fest der Kalorien. Egal! Nicht ihr Problem, denn seit sie diesen neuen Job angenommen hat – falsch, seit dieser neue Job Ria angenommen hat, nimmt sie ab. Ihr Gewicht ist im Sinkflug. Der Stress. So viel Eis kann sie gar nicht fressen, um das wieder wettzumachen.

Sie grinst, erinnert sich an die Szene im Mirabelle. Da hat es einmal wirklich die Richtigen getroffen. Was für Looser. Das ist einfach nicht gerecht, dass solche Anfänger auch Gangster sind. Sie und ihre Brüder geben sich so viel Mühe in Sachen Perfektion und Stil. Peng und Paff trainieren den ganzen Tag, sie lernt Spanisch wie ein Irre und traut sich mit dem Wörterbuch gar nicht mehr aus ihrem Unterschlupf! Das ist richtig Arbeit und bedarf eiserner Disziplin und dann kommen solche drogenvernebelten Pfeifen daher und wollen echte Verbrecher sein! Solche Verlierer schaden dem Ruf des Verbrechertums. Mit goldenen Vans ist einfach ohne Stil und nur das Tüpfelchen auf dem i, dissoziiert sie nach allen Regeln der Kunst und weiß daher, dass sie alles richtig in ihrem Leben macht.

Fast. Ein kleiner Zweifel bleibt.

Sie schaut sich um, dreht sich im Kreis und sieht niemanden, der auch nur annähernd in Hörweite ist. Weit hinten lungern drei Touristen herum mit Kamera. Die entfernen sich aber und sind keine Gefahr.

Nur Tauben picken im Schotter.

Vorsichtshalber dreht Ria sich noch einmal auf der Stelle im Kreis jetzt andersherum. Nett sieht das aus, schließlich rotiert sich mit buntem Kleid und Strohhut im Sonnenlicht.

Niemand. Niemand, der es sieht, niemand der lauscht, der lauschen könnte. Hinter ihr liegt Parkanlage, vor ihr die Brüstung und davor die weite Stadt und der blaue Himmel. Die Bänke sind unbesetzt ... perfekt. Hier ist gut. Also lehnt sie sich im Rücken gegen die Brüstung, hält die Parkanlage im Blick, schleckt an Maracuja-Kokos und beginnt.

Kapitel XXXI

Am Abend: „Oh, ist die für mich?", ist Ria erstaunt und legt beide Hände an ihren Wangen. Das ist jetzt überraschend. Peng und Paff haben ihr etwas mitgebracht aus der Stadt. Das tun sie eigentlich immer. Sie sind sehr aufmerksame Killer und verstehen es, ihre weibliche Begleitung mit kleinen Präsenten bei Laune zu halten.

Aber das hier ist etwas Besonderes und Ria ist begeistert, denn das hatten sie noch nie. Und das Präsent wird mit Humor präsentiert:

„Wir haben es in der Auslage liegen sehen und da dachten wir, dir steht es bestimmt richtig gut", spricht Peng und Ria wirft ihm einen sehr wohlwollenden Blick zu.

Ei, das haben ihre Jungs aber fein gemacht!

Eine Pistole! Nur für sie! Und so eine schöne! Aber was Peng behauptet, ist geflunkert, denn sie kann nicht in irgendeiner Auslage gelegen haben, nicht hier in Grenoble. Das muss irgendwie anders gelaufen sein.

Zunächst bekommen Peng und Paff je einen Kuss auf die glatt rasierte Wange – die natürlich, natürlich nach Rasierwasser duftet. Old spice.

Die beiden freuen sich wie die Kinder und grinsen. Ja, Rias beide Lieblingskiller wirken um Jahre verjüngt, wie als sei sie in der Pubertät.

Erstens, weil sie so freundlich zu ihnen ist und so artig und brav und zweitens, weil Knarren das Thema sind. Die beiden lieben Waffen. Bei diesem Thema werden sie weich und lebhaft und zeigen, was sie eigentlich sind: erwachsene Kinder, die gerne mit Pistolen spielen und tödlich sind.

Ria aber auch. Drei Mal klatscht sie in die Hände, wie eine Minderjährige, die sich über einen Geburtstagskuchen freut, bevor sie die Pistole ehrfürchtig in die Hände nimmt.

Nein, so ein schönes Exemplar! Wunderbar liegt sie in der Hand und wird präsentiert in einem kleinen Palisanderkästchen ausgeschlagen mit Seide. Das hat Stil!

Und drei aufmunitionierte Reservemagazine sind auch schon dabei. Die Jungs haben wirklich an alles gedacht.

Ria ist mehr als begeistert, dreht und wendet die Waffe in der Hand und sieht sie sich von allen Seiten an. Wie sich das gehört bei einer anständigen Waffe eines Kartells mit dieser besonderen Seriennummer. Eine Sonderbestellung. Ein Beschusstechniker bei der Polizei, der solch eine Waffe in die Hände bekommt, mit solch einer Nummer, weiß gleich, womit er es zu tun hat. Er lässt sie fallen, läuft weg und bringt seine Kinder und Verwandten in Sicherheit. Es ist so eine Art geheimer Code. Diese Waffen gibt es nicht, nicht offiziell. Sie wurden nie produziert und ihr Preis ist astronomisch. Doch das ist es nicht, was Ria so begeistert. Es ist nicht der Preis, nein, es ist die Geste! Sie haben an Ria gedacht! Auch sie hat eine Pistole verdient, wenn auch eine kleine, aber sie ist ja auch eine Frau. Was soll sie denn mit so einer dicken Wumme, wie die von Peng oder Paff. Drückt sie damit ab, sitzt sie auf dem Hosenboden. Nein, die Dame von Welt, braucht etwas Kleines, Elegantes, etwas, was zur Garderobe passt.

„Super Kaliber. Nicht unterschätzen. Hatten wir früher auch im Gebrauch", erinnert sich Peng. „Da waren wir vierzehn", erinnert ihn Paff und der wiegelt ab mit schaukelndem Kopf.

„Hat natürlich nicht die Durchschlagskraft", gibt er zu und nickt anerkennend. „Dafür kaum Ausschuss, perfekt für den Kopf und überhaupt indoor ... klare Kopfpatrone aus kurzer Distanz", fachsimpelt er.

„Das spratzt nicht so und du versaust dir nicht die Klamotten", stimmt Pfaff zu.

Für die Nichtfachleute an dieser Stelle – nicht alle die hier mitlesen, sind ja Killer: Das wird in Filmen immer falsch dargestellt: Schießt man aus geringer Distanz in einen Kopf mit großem Kaliber, ist das ganze Zimmer versaut. Knochensplitter und Gehirnmasse spratzt überall herum, Fenster, Decke, Wände, Teppich; und auch auf den Schützen. Das versaut dir den Anzug oder das Blümchenkleid. Magnumkaliber heißen so, weil sie Magnum sind, also groß mit richtig viel Wumms. Der Kopf platzt wie eine Melone, die auf den Boden fällt aus drei Meter Höhe, wird gespalten wie von einer fliegenden Axt. Das ist eklig und eine Riesensauerei, benutzt man die falschen Patronen.

Schon deshalb bevorzugen Killer kleine Kaliber. Peng und Paff sind da die Ausnahme. Sie mögen den Knall und haben immer Anzüge in Reserve und jede Menge Ego. Jeder in diesem Beruf entwickelt solche Spleene.

Von daher ist das Kaliber von Rias neuem Spielzeug eine gute Wahl. Und diese Waffen sind kleiner, eher für

Frauenhände gedacht. Das haben Peng und Paff gut gemacht. Kein Wunder, dass Rias Augen so leuchten. Welches junge Mädchen hat nicht einmal von der eigenen Waffe geträumt?

„Kein Ausschuss und vor allem nicht so laut. Das ist echt ein Plus", spricht Paff und tippt wohlbedacht auf seine Lippen. Vielleicht sollte er auch so eine, als Drittwaffe ... aber nein ... „Voll nicht so laut, stimmt", stimmt Peng zu.

Ria drückt die Pistole an ihr Herz und ist ehrlich ergriffen. Das ist ein schönes Geschenk.

„Bin ich jetzt befördert worden?", fragt sie kokett.

Also, es ist jetzt nicht so, dass sie keine Waffe getragen hätte die letzten Wochen, so ist das nicht. Aber das ist eine Eigene, das ist etwas anderes.

Paff und Peng schauen sie an einen Moment mit ihrem unergründlichen Blick. Sie sind halt Killer, das ist so drin und sie fallen immer wieder in diesen Modus zurück. Auch und besonders in emotionalen Momenten. Berufskrankheit. Die erste eigene Waffe ist etwas Besonderes, ein erhebender Augenblick, das vergisst man nicht.

„Ach Kleine", löst Paff seine Erstarrung auf, lächelt und wuschelt mit der Hand durch Rias blonden Locken.

„Nein. Wir fanden es einfach ... na, wir finden, es passt zu dir", spricht Paff und lächelt. Ja, er lächelt wirklich und es erreicht seine Augen.

„Wir haben dich einfach lieb", spricht Peng von der anderen Seite und Rias Herz macht einen kleinen Sprung. Das war jetzt mehr als nett. Das war eine Liebeserklärung an sie. Ria freut sich sehr.

Und so ist es einmal Ria, die schweigt und nicht weiß, was sie sagen soll. Und wo sie hingucken soll, weiß sie auch nicht so recht. Also führt sie das Magazin in die Waffe und läd durch.

Das erste Mal. Ria spürt es: Entjungferung. Die Pistole ist fabrikneu.

Eine Minute sitzen sie so sinnend und sie betrachtet in Andacht die kleine Beretta, wiegt sie hin und her in der Hand mit verträumtem Blick. Wie klein sie ist! Und was für eine Macht! Ihr Jungs verstehen das gut und unterbrechen sie nicht.

„Danke" haucht sie und es ist vollkommen erst gemeint von ihr. Es ist schön mit den beiden. Manchmal.

Schön und warm ... und Paff strubbelt ihr wieder durch ihr blondes Haar.

Da sitzen sie in diesem mauen Licht in dieser Apotheke alle drei auf der Bettkante, zwei Killer und eine Killerin und sinnen vor sich hin und schweigen.

Ria ist der Moment, als sei er Symbol. Verschworen sitzen sie in der Dunkelheit bei künstlicher Beleuchtung und draußen, da draußen vorne, durch die halb geöffnete Türe, da ist die Freiheit, die Sonne und das Licht. Da ist das Leben, aber sie sitzt hier in der Dunkelheit mit ihren Brüdern mit Spielzeug des Todes in dem bescheuerten Grenoble in einer Apotheke.

Apotheke, da sie in einer Apotheke einquartiert sind und übernachten. Es ist ihr Unterschlupf in Grenoble, schon die zweite Nacht.

Das kommt vor. Manchmal ist des nobel und edel, wenn es der Job verlangt. Manchmal ist es irgendeine Absteige oder eine Unterkunft, seitens des Kartells organisiert.

Das sind irgendwelche Prozesse, irgendwelche Vorgaben von oben, die Ria noch nicht versteht. Doch das Prinzip ist immer das Gleiche: Sie, die Feuerwehr soll aus dem Nichts auftauchen, blitzschnell löschen und wieder verschwinden können. Absolut anonym, so wie gar nicht da und nie geschehen. Geister sollen sie sein. Nicht immer, aber manchmal.

Und diesmal eine Apotheke. Die Eigentümer – ein älteres Ehepaar - sind nichtsahnend verreist.

Hier ist alles alt und nicht auf dem Stand der Zeit. Die Packungen und Dosen und Medikamente und Flaschen stehen noch in Regalen aus Holz, der Kühlschrank, in dem die empfindlichen Substanzen lagern, ist älter als Ria.

Es ist ein altes Stück Frankreich, in dem sie da sitzen, wo sie im Hinterzimmer ihr Lager aufgeschlagen haben. Absolut zentral – Innenstadt.

Und nur ein Licht an der Decke leuchtet den dreien und die Türe steht offen einen Spalt. Ria entlässt das Magazin aus der Waffe und entlädt. Ehrfürchtig liest sie die Seriennummer 0-0000-0000-000 ab Werk. Sie streicht mit dem Daumen über die feine Prägung.

Diese Beretta ist ein Vermögen wert. Es ist ein weltweit gültiger Ausweis und niemand wird ihr diese Waffe stehlen oder sie unerlaubt benutzen. Und wenn doch, wenn der Dieb es doch bemerkt, wird er sie höflich und mit vielen Ehrerbietung ihrer Besitzerin erstatten. Es sei denn, er ist komplett lebensmüde.

Und auf der Rückseite ist ein Wort sehr niedlich eingraviert. „Coatlicue" „Was bedeutet das?", will Ria wissen, doch Paff lächelt und winkt ab. „Nichts, nichts", antwortet er und auch Peng lächelt nur.

„Coatlicue Coatlicue Coatlicue" ruft der Stahl unhörbar Rias Namen in der Sprache der Azteken.

Genug der Sentimentalitäten.

Ria schaut zu ihren Brüdern. „Was steht an?", fragt sie aufgeräumt und bekommt Angst.

„Malat", spricht Paff und es ist seine Haltung, seine Stimme, nicht das, was er spricht, sondern, was er weglässt, ist, was Ria alarmiert. Das klingt anders. So war Paff nicht bisher.

„Was ist Malat?", fragt Ria. „Malat ist ein Er", antwortet er. Peng antwortet nicht und schweigt so merkwürdig und das, wo sie so viele Arten des Schweigens kennen. Er streicht mit der Hand über seinen glatten Schädel, als prüfe er seine Rasur.

„Wie gefährlich ist es?", will Ria wissen. Ja, sie sind Profis und bereiten solche Sachen vor und nehmen ihre Lage immer ernst. Aber nicht so! Ria spürt da etwas. Da liegt etwas in der Luft. Sie schaut auf ihre Waffe auf dem Tisch.

„Auf einer Skala von eins bis zehn, wie ernst ist es?", will sie wissen. „Neun", antwortet Paff. „Neun", antwortet Peng.

Ria schluckt hart. Das ist extrem. Das Höchste bis jetzt war die Fünf.

„Dann kein Blümchenkleid?", fragt sie erschrocken und beide Brüder schütteln synchron den Kopf.

Da sind Geräusche im Ladenlokal vornan. Ein Schloss wird gedreht, die Türe der Apotheke geht und eine Eingangsschelle bimmelt träge. Ria schreckt auf, Paff schaut auf die Uhr.

Mit blitzschnellen Bewegungen ist Rias Waffe, ihr neuer Liebling, und die Magazine vom Tisch verschwunden durchgeladen und hinter ihrem Rücken. Es war nicht überlegt. Wenn man schon einen neuen Liebling hat, dann sollte man ihn auch nutzen.

„Das ist die Verstärkung", spricht Paff. „Ja, das ist die Verstärkung", spricht Peng.

Es wird eng im kleinen Hinterzimmer der alten Apotheke. Die Verstärkung ist zu viert. Also sind jetzt sieben Personen im Raum und die Luft und Stimmung verändert sich. Jetzt ist es anders. Ria und ihre Brüder sitzen, die Neuen stehen, nur teils beschienen von der Lampe an der Decke.

Man kennt sich und ist unter Freunden. Sie kennen einander, es gab eine herzliche Begrüßung. Bei ihren Brüdern meint das ein Nicken, mehr nicht. Aber die vier der Verstärkung sind anders.

Zwar gut gekleidet und bestimmt keine Verlierer, sind sie in Leger, sehen aus wie sportliche Touristen. Alle sind sie mittelalt mit schnellen Augen und grinsend, freundlich, wenn auch ernst. Aber sie haben kein Tattoo. Zumindest bei drei von ihnen konnte Ria keines erkennen an den Handgelenken. Bedeutet: Sie sind keine Azteken, nicht der innere Kreis, sondern gehören zu dem großen Heer der Zuarbeiter.

Und lebhafter als ihre Brüder sind sie auch. Sie bewegen sich, zappeln, stehen breitbeinig zwar, aber bleiben nicht still. Sie sind nicht so versteinert und angespannt wie Peng und Paff, ist eine Verhandlung oder die Lage ernst. Sie haben nicht diese besondere Aura und es liegt nicht an der fehlenden Seide oder dem fehlenden Anzug. Nein, sie haben nicht diese besondere Stärke, die an Wahnsinn grenzt. Denn in einem ist sich Ria vollkommen sicher bei ihren Brüdern, so lieb sie sie hat: Sie sind irre! Keine Frage! Sie sind Monster ohne Skrupel, Mitleid oder Gefühle. Nur zu ihr, der kleinen Ria, sind sie lieb, denn sie ist ihre Schwester.

Und die Verstärkung ist nicht aus Südamerika. Das ist auch ein wichtiger Punkt. Auch das macht es anders und schwächt das Vertrauen. Keine Hispano. Blond hin oder her, die letzten Wochen ist Ria Südamerikanerin geworden, auch wenn sie den Kontinent noch nie betreten hat und es am Spanisch hapert. Dieser Wechsel des Stammbaums ist möglich und sinnvoll, ist man vom Stamme der Azteken.

Alle vier Verstärker schauen sie auf Rias Brüder und sind erwartungsvoll. Paff und Peng haben die Führung des Kommandos, ganz klar.

Ria fühlt sich nicht wohl. Es ist so neu. Jetzt sind sie so viele und zum zweiten Mal findet sie das mit ihrer Pistole, diesem fabelhaften Geschenk, nicht schlecht. Es ist beruhigend. Die Beretta erzeugt ein schönes Gefühl sie an ihrem Leib zu wissen und eine so schlechte Schützin ist sie nicht. Nein, dass man eine hat, diese „dass überhaupt", dass sie eine Waffe spürt, das tut gut. Fabelhaft haben ihre Brüder das eingefädelt und genau rechtzeitig. „Bestimmt kein Zufall", denkt Ria insgeheim. Sie wird das Damenpistölchen noch brauchen. Das kann ganz schnell gehen, wie sie bereits im ersten Lehrjahr weiß.

„Es ist Malat", eröffnet Paff die kleine Besprechung.

„Wer ist Malat?", fragt Ria sofort. Sie ist der Lehrling. Sie soll fragen, haben ihre Brüder am Anfang geraten. Also fragt sie und hält sich an die Empfehlung. Sie tut alles, was ihre Brüder sagen, egal was und genau so, ohne zu zögern. Sie will am Leben bleiben und bis jetzt hat genau deshalb funktioniert. Statistisch erlebt Ria die letzten fünf Wochen alle sechs Tage einen Schusswechsel. Bedeutet: Kugeln fliegen in beide Richtungen, auch in ihre. Sie hat nachgerechnet, alles sechs Tage kommt hin. So ein Umfeld prägt. Man passt sich an und lernt, so schnell man kann.

Die Neuen schnauben, nein, sie schmunzeln laut, nein, das ist es nicht. Ria spürt nur. Es ist ein Gefühl, es ist lautlos. Sie spürt, dass sie nicht ernst genommen wird von der Verstärkung.

Peng antwortet auf ihre Frage wie üblich geduldig. „Malat ist ein Emporkömmling der Burgunder. Er ist umstritten", spricht er etwas kryptisch.

„Burgunder" das hat Ria schon einmal gehört. Es klingt so lieblich, ist aber die französische Variante eines Kartells, eines gut organisierten Verbrecherkreises.

„Warum ist er so gefährlich? Warum ist es 9 von 10?", fragt Ria und fühlt sich noch immer nicht wohl. Nein, immer weniger sogar, denn es rumort in ihrem Bauch. Wenn das so weiter geht, ist ihr in fünf Minuten schlecht. Ihr Magen ist eh nicht mehr so verlässlich in der jüngsten Zeit.

„Er ist ne Bazille", spricht einer der Neuankömmlinge, der mit dem Bart und der olivgrünen Jacke. Weder Peng noch Paff widersprechen. Sie nicken, schauen nicht zu ihm hin. Also war der Einwurf zwar nicht erlaubt und willkommen, aber korrekt.

„Malat kämpft sich nach oben. Nicht verlässlich. Er spielt falsch und mit allen Mitteln und hat Feinde im eigenen Haus", erklärt Peng der ahnungslosen Ria. Die aber meint zu verstehen und nickt. „Und deshalb ist er unberechenbar, weil er so eifrig ist?", fragt sie und Peng und Paff bedenken ihre Schülerin mit dem so gut bekannten ausdruckslosen Blick und nicken. Das war schön, das war ein Lob.

Einen Moment schweigen alle unter dem Deckenlicht, als sei es eine Andacht. Dann rauschen die Textilien, denn Unruhe ist. Sie sind zu siebt, der Raum ist klein.

„Wie machen wir es?", fragt der Anführer mit Bart und grüner Jacke, fährt sich mit der Hand durch das Gesicht.

„Sie macht das. Die Prinzessin macht das. Sie führt das Gespräch mit Malat", antwortet Paff in monotonem Ton, als ob das eine Kleinigkeit wäre.

Ria schüttelt kurz den Kopf, vermutet mit ihren Ohren sei etwas nicht in Ordnung, aber nein, sie hat richtig verstanden: Er hat „Prinzessin" gesagt und sie ist die einzige Prinzessin im Raum. Sie war gemeint.

Und sie ist nicht die einzige Verblüffte.

Die Neuzugänge sind es auch und wechseln Blicke. Unruhe kommt auf, jetzt echte Unruhe und nur Paff und Peng sitzen unbewegt. Ihre Augenlider schlagen auf und nieder im Normalbetrieb. Beinahe.

Der Anführer breitet die Hände, hält sie offen zu ihren Brüdern hin. „Sie? Ich meine, Malat!", fragt er und macht ein sehr verwundertes, ja beinahe entstelltes Gesicht. Es ist offensichtlich, er findet die Idee nicht gut.

„Ja", antwortet Paff. „Ja, sie", antwortet Peng.

Der Anführer holt tief Luft, wippt einmal mit dem Kopf und wechselt einen Blick mit seinen skeptischen Kollegen. „Sie soll mit dem Sektionsleiter der Bugunder sprechen? Mit Malat? Bist du sicher?", fragt er und nur Kenner, Könner oder gute Bekannte erkennen in Paffs und Pengs Gesichtsausdruck ein Nicken. Wie immer im professionellen Betrieb schauen sie nur stur und regungslos zum Gesprächspartner hin. Hier zu dem Anführer der Verstärkung, von dem sich Ria nicht mehr sicher ist, ob er noch lange am Leben bleibt. Ihre Brüder neigen dann und wann zu Spontanität mit irreparablen Folgen.

Der Anführer holt wieder Luft. Es ist mutig, doch seine Bedenken sind zu groß. „Aber ... sie ist eine Frau ...", spricht er und versucht sich in einem Lachen. „Und es ist Malat", ergänzt er, nimmt aber das Lachen sofort wieder zurück und auch die Hände herunter, denn die Blicke von Paff und Peng senden eine unmissverständliche Botschaft.

Paff greift zu Rias Hand und die sieht den Bärtigen zucken. Er rechnet mit dem Schlimmsten, doch Paff dreht Rias Hand, zeigt vor ihr Tattoo, dass sie als Aztekin ausweist. Und dann machen Peng und Paff die stärkste Geste der Welt:

Sie bilden mit der rechten Hand eine Faust und pressen sie auf ihr Herz. Nicht nur Ria stockt der Atem. Auch der Anführer hat verstanden, macht zwei sehr defensive

Gesten mit seinen Händen, wedelt irgendetwas auf Hüfthöhe und schwitzt.

Ria ist sich sicher, ihre Brüder sind irre. Wenn die guten Bekannten schon so auf ihre beiden schweigsamen Partner reagieren ... das ist ja nicht normal. Sie ist da mit ihren Brüdern in extreme Gesellschaft geraten, aber offensichtlich hat sie bei Peng und Paff einen dicken Stein im Brett, wird ihr auf eine besondere Weise klar und blinzelt.

„Okay, sie macht das, alles klar, kein Thema. Puh, sorry, das wusste ich nicht", spricht der Bärtige und deutet sogar eine Verbeugung an in Rias Richtung.

Was folgt, ist ein energetischer Prozess, nichts Greifbares, doch alle spüren, die Entschuldigung wurde einstweilen akzeptiert.

„Alles gut ...", relativiert Ria die Geste ihres neuen Lakaien. „... wusste ich auch nicht", antwortet Ria lässig. Purer Zufall, dass sie ihre Sprache wiederfindet, denn sie ist tief beeindruckt von der Szene und da ist ein dicker Kloß in ihrem Hals. So viel Loyalität macht ihr Angst. Sie wedelt mit der Hand, lächelt zart und lieblich und stützt sie unter ihr Kinn. Es ist die Hand mit dem Azteken-Tattoo. Es ist keine Absicht, aber es wirkt königlich.

„Sie ist perfekt", spricht Paff.

„Sie ist perfekt", spricht Peng und stimmt ihm zu. „Das mit dem Sprechen macht sie besser als wir. Sie macht das mit Malat und wir stehen Wache", erklärt Paff und Ria grinst. Und es ist nicht die Freude auf den Job. Nein, sie weiß, links und rechts von ihr sitzen die besten Killer der Welt.

Es ist einfach so. Sie spürt es. Es sind die besten, nicht nur ihre liebsten. Die besten sind sie, denn sie verzichten auf ihr Ego, wenn es der Sache dient.

Und ihre Sache, ist die der Azteken. Immer. Und die Aztekin ist sie.

Kapitel XXXII

Im Bett liegen Paff und Peng ohne Anzug und Ria ist natürlich ohne Kleid. Das macht ja keinen Sinn. Auch Psychopathen müssen schlafen und Ria liegt meistens in der Mitte zwischen ihnen. Da ist es schön, warm und sicher.

Normalerweise ist das gemütlich, gelegentlich auch wild und stürmisch, aber heute ist es anders. Nicht nur die Bettstadt ist provisorisch – eine breite Matratze im Hinterzimmer der Apotheke wurde auf den Boden gelegt – nein, auch die Stimmung ist aus dem Häuschen. Ria ist fürchterlich aufgeregt und kann nicht still liegen. Es ist der morgige Tag. Sie soll verhandeln mit einem führenden Verbrecher des Landes, ist aber von der Ausbildung eher noch Krankenschwester und hat massive Bedenken.

„Bitte, bitte, bitte, erklärt es mir!", spricht sie atemlos. Ganz feucht ist die Haut der kleinen Ria, denn sie schwitzt vor Furcht. Ja, es dünstet aus jeder Pore. Sie ist überfordert, weiß nicht, wie sie den kommenden Tag bewältigen soll. Sie soll die Verhandlung führen mit Malat! Im ersten Lehrjahr! Sie ist eine Frau und kann nix! Die Verstärkung hatte recht, es ist eine dumme Idee, ja ein tödlicher Fehler, schaukeln sich ihre Gedanken auf.

„Du machst das bestimmt ganz wunderbar", spricht Paff zuversichtlich und zeichnet imaginäre Linien auf das Bettlaken mit dem Finger. Sein Arm ist muskulös, perfekt trainiert in Kraft und Reflexen. Sind sie beide. Beide Arme der beiden. Ria in der Mitte, Peng und Paff links und rechts.

„Aber ... sag mir, worauf ich achten soll?“, bittet Ria, fleht sogar. Manchmal ist es echt anstrengend, dass sie ihren Freunden jedes Wort aus der Nase ziehen soll, besonders wenn ihr Leben davon abhängt.

„Eigentlich ist es ganz einfach. Es ist nur eine Übergabe. Acht Diamanten, a zehn Karat, die musst du überprüfen und dann eine Tasche voller Dollar. Sie schulden es uns, kein Austausch, nichts“, schüttelt er den Kopf, als sei es ein einfaches Geschäft.

„Und wo ist der Haken?“, fragt Ria nervös. Egal wie dieses Gespräch ausgeht, danach braucht sie Sex. Irgendwohin muss all diese Angst.

Das kann nicht alles sein. Paff zuckt mit den Schultern und die Decke verrutscht. „Die Übergabe ist nur eine Nebensache. Es geht um den Respekt. Wie die Burgunder zu uns stehen und ...“, spricht er und zeigt eine bei ihm sehr seltene Geste: Er spitzt seinen Mund. Er wechselt einen Blick mit seinem Bruder, der links neben Ria auf dem Rücken liegt. „... wir müssen aufpassen, dass sie uns nicht austricksen“, spricht Peng für ihn weiter.

„Dass es Falschgeld ist? Oder zu wenig?“, fragt Ria hektisch, schaut zwischen den beiden hin und her. Die beiden wechseln wieder einen Blick. „Oder uns zu viel mitgeben. Malat will bestimmt wissen, wie und auf welchem Weg unser Geld fließt. Das wäre ein Punktsieg für ihn“, erklärt Paff, nickt wissend, malt weiter Zeichen auf das Laken.

Der Weg des Geldes. Ja, das hat Ria bereits verstanden. Das ist immer der Schwachpunkt. Da wird immer angesetzt, wenn man dem anderen etwas Böses will.

„Und was heißt das?“, fragt sie und ihre Stimme klingt beinahe schrill. „Du begrüßt ihn, bleibst aber von ihm fern. Du sprichst. Das wird ihn verwirren. Du hast da diese lebhafte Art, nicht diese ernste Kacke, die wir immer machen", erklärt er ganz zwanglos und Ria liebt ihn dafür, doch für Liebe ist jetzt keine Zeit.

„Verwirrt ist immer gut. Smalltalk, er ist Franzose. Und pass auf, komm ihm nicht zu nahe. Nicht, dass er dir etwas zusteckt, einen Tracker oder so. Du untersuchst die Diamanten, packst das Geld in unsere eigene Tasche. Wir bringen eine mit. Ihre ist bestimmt präpariert und dann gehen wir wieder", erklärt Paff den Ablauf.

„Okay", haucht Ria, denn sie hat verstanden. Abläufe dieser Art kennt sie.

„Aber wir können dich nicht freischießen. Keine Chance. An diesem Treffpunkt geht das nicht. Unmöglich. Wir sind fünf zu fünf, verabredet", erklärt Paff. „Gute Wahl, der Ort, verdammt gute Wahl", nickt Peng anerkennend, hat seinen Kopf hinter die muskulösen Arme verschränkt. Es bleibt dabei: 9 von 10

Ria denkt so schnell sie kann, fühlt sich ein in die Situation, zeichnet jetzt selber unsichtbare Striche mit ihrem Finger auf dem Laken. Sehr niedlich sieht das aus, denn sie ist so schön erregt mit roten Wangen und so blank.

„Okay, also sie haben Angst vor uns. Dass wir schießen, oder?", spricht sie und beide nicken. „Und wie!", antworten ihre Brüder synchron und nicht ohne Stolz.

„Und dieser Malat spielt falsch?", fragt sie. „Tut er immer", bekommt sie eine Antwort. „Und seine Leute hassen ihn?", fragt sie verwirrt. Es ist doch ein Syndikat, eine Organisation, sie müssen doch zusammenhalten. „Er hat Konkurrenten", erklärt Paff, als ob das etwas erkläre.

„Also Diamanten und Geld nehmen und wieder weg. Und wo ist das Risiko?", will sie wissen. „Dass er uns verarscht und damit seine Stellung festigt", antwortet Peng. „Und genau deshalb kommt er persönlich?", fragt sie und ihre

Frage wird bejaht. Das beruhigt. Es wird keine Schießerei. Es geht um Ansehen und Ehre.

Ria dreht sich herum, liegt jetzt auf dem Rücken und zieht die Decke hinauf bis zu ihren Schultern. Sie starrt in die Dunkelheit, auf die Regale mit Medikamenten, die im Halbdunkel liegen. Ihr Blick springt in Gedanken im Raum herum. Sie montiert, macht sich einen Plan.

„Und, dass sie uns verarschen, uns die Azteken, das darf auf keinen Fall passieren", raunt sie. Darauf müssen ihre Brüder nicht antworten, selbstverständlich wie das ist. Verlierst du die Achtung der anderen, bist du mehr als tot. Nichts ist schlimmer als das. Ria versteht. Es ist eine Übergabe, aber vor allem ist es ein Abstecken der Claims, ein Spiel des Respekts und dieser Malat ist eine Schlange.

Sie beißt auf ihre Unterlippe, verknotet ihre Finger. „Es kann sein, dass ich ein wenig von dem Protokoll abweiche, wäre das schlimm?", fragt sie und grinst.

„Alles, was du willst", antwortet der eine. „Alles, was du willst Prinzessin", antwortet der andere und beide blinzeln nicht.

Ria lächelt. Jetzt wird es schön und angenehm. Jetzt weiß sie ein bisschen, ein wenig. Natürlich hat sie noch Angst und Ungewissheit, aber jetzt ist es erträglich. Ihr kleines Herz schlägt nur noch schnell, rast nicht mehr. Sie hat einen Plan, wie sie im Falle X ausweichen kann. Auch Malat ist nur ein Mann. Sie ist eine Aztekin und eine Frau. Sie darf nicht verarscht werden, auf keinen Fall und das wird sie, die Frau, zu verhindern wissen.

Kapitel XXXIII

Von allen Nationen dieser Welt ... hätte jemanden Ria gefragt, woher Malat stamme, sie hätte auf Frankreich getippt. Und auf Eliteschule auch.

Schlanke Hände, schmale Schultern. Schwarzes Haar, längliches Gesicht bei schmalem Kinn. Seine Augen sind wach, aber sein Blick ist ein wenig belegt, denn er hat diese tiefhängenden oberen Augenlider und so blickt man und er automatisch immer ein wenig genervt.

Perfekter Maßanzug in Malve, Manschettenknöpfe, Krawatte, aber kein Einstecktuch. Seine Herkunft erlaubt kein Grinsen, braucht es nicht, sie zeigt ihren Hochmut seit sieben Generationen mit feinfingriger Arroganz. Siegelring am Finger, das Haar nicht zu kurz und nach hinten gekämmt. Kein weißes Haar stört, aber Mitte vierzig ist er bestimmt. Er lächelt. Und Ria hasst ihn. Es ist Hass auf den ersten Blick. Da sind ihr die Migranten ja lieber mit golden Vans aus dem Mirabelle. Er ist genau diese Typ aalglatter Mensch, den sie verachtet aus tiefstem Herzen, denn ... da hat Peng einfach recht: Sie spielen immer falsch.

Es wird ein kein schönes Rendezvous, das ist von Anfang an klar.

Der Ort ist gut gewählt, denn die Wände sind aus mattiertem Glas. Ein Café auf dem Marktplatz der Stadt. Scheiben überall bodentief, mit Emblem des Cafés eingeätzt. Menschen hinter um und neben ihnen. Man kann ihre Schritte und ihr Plaudern hören, ohne sie zu verstehen. Es ist perfekt, perfekt für die Burgunder, denn Schießen ist hier nicht möglich. Das Glas würde splittern unter den Kugeln der Magnumkaliber und dann stünden sie im Freien. Undenkbar. Trotzdem haben sich beide Parteien aufgebaut in dem kleinen leergeräumten Café. Es ist extra reserviert. Fünf zu fünf. Fünf Burgunder, fünf von der Partei der Azteken und zwei jeweils stehen außen Wache. Wäre ja ungeschickt, wenn eine Familie oder ein Tourist in die Szene platzt.

Nur sie. Alle Stühle und Tische sind leer und zur Seite geräumt, die Bar ist verwaist. Ein Spültuch hängt über dem Zapfhahn. Betriebspause. Hier ist Wichtigeres jetzt.

In der Mitte des Raumes ist ein Tisch aufgestellt, darauf eine große Sporttasche.

Fünf auf der einen Seite, fünf auf der anderen, und die Stimmung ist angespannt, aber nicht wie vor einem Duell. So schlimm ist es nicht.

Sie stehen Wache, wie alle auf beiden Lagern. Profis allesamt, neunhundert Gefängnisjahre insgesamt. Ohne Bewährung.

Ria hat schwarzen Hosenanzug gewählt. Eine ungewöhnliche Wahl für sie, aber auch Ria wollte einmal in Seide gehen, nicht immer nur ihre Jungs. Mattschwarze Seide, flache Schuhe und – Abwechslung muss sein – ihre blonden Locken hat sie hochgesteckt. Sieht geschäftsmäßiger aus, denn was sie hier tun, ist ein Geschäft.

Nur ihre unbedeckten Arme – der Hosenanzug lässt die Schultern frei, schlingt sich neckholder-keck um ihren Hals, ja, die unbedeckten Arme fallen ein wenig aus der Rolle. Nackte Haut ist bei geschäftlichen Treffen verpönt, aber Ria will zeigen: Siehe, ich habe nichts zu verbergen, kein

Ass, keine Klinge, keinen Revolver, nicht einmal einen kleinen.

Handtasche von Louis Vuitton, natürlich in Schwarz.

Ja, Ria hat ihr Versprechen eingelöst. Heute ist sie elegant. Kaum vorstellen kann man sie sich in Blümchenkleid, denn zudem ist sie dezent geschminkt. Eine verwandelte Person, verwandelt von Krankenschwester, über Killerin, über Prinzessin zu Unterhändlerin der Aztekin. Das ist schon etwas. Das ist viel. Die Seide ihres Anzugs stammt aus Spanien. Es sind diese Details, die machen den Unterschied zwischen Klasse und Extraklasse aus. Auch Peng und Paff waren beeindruckt von ihr. Sie haben das ängstliche Mäuschen, das da Stunden zuvor noch zwischen ihnen in den Laken lag gar nicht wiedererkannt im ersten Moment.

Und Ria sprengt sofort das Protokoll. Ihre Wachhunde Paff und Peng und Verstärkung hinter sich wissend, legt sie ihr strahlendes Lächeln auf, legt die Handtasche auf den Tisch in legerer Geste und kommt mit offenen Armen auf Malat zu. In ihrem Lee durftet es fein nach Veilchen.

Malat ist überrascht. Der erste Coup ist gelungen. Peng hatte recht: „Eine Frau wird die Burgunder überraschen". Der erste Punkt geht an das Team Azteken. „Oh, eine ... eine ... ja, Madame", spricht Malat und blinzelt einmal, nimmt mit leichter Verzögerung Ria in Empfang.

Es ist diese Erscheinung, dieser Dress und dann eine Frau. Eine Frau zu einer Verhandlung der Kartelle, das gab es noch nie! Und zudem so eine Junge! All dies spricht sein Blick, seine Haltung, seine Erstarrung, dieses leicht Vorgebeugte mit dem Oberkörper, das dann doch noch nicht so richtig Ria begrüßen und empfangen will.

Ria hingegen braucht die Bewegung, denn in Wahrheit stirbt sie vor Nervosität. Deshalb ist sie so zügig diagonal durch das provisorisch geräumte Café. Sie will nicht so forsch, sie muss so forsch, damit sie nicht umfällt vor lauter Adrenalin.

Küsschen rechts, Küsschen links auf die Wange gehaucht begrüßen sich die Repräsentanten der Burgunder und Azteken einander. Französische Begrüßung! Der nächste Verstoß gegen jede Etikette ist das, dementsprechend ist Unruhe im Lager der Burgunder. Blicke werden gewechselt. Solch eine Begrüßung war nicht geplant, nicht angedacht und hat es noch nie gegeben. Zwei zu null für Hispanien, denn das Team der Azteken ist vorbereitet, gebrieft, dass es anders kommen wird als üblich.

Das klingt als seien es Details, wie Kleinigkeiten ohne Belang, aber jeder, der Geschäfte führt, weiß um die Bedeutung: Wer die Situation beherrscht, beherrscht die Verhandlung.

Malat hat sich wieder im Griff, jetzt lächelt er und wirkt tatsächlich ein wenig eingefangen von Rias Erscheinung. Und diese Hochsteckfrisur und der lange Hals, die blonden Locken ... es ist eine Prise an Adel darin, könnte. Franzosen lieben Adel, wollen immer dahin, denn den ihrigen haben sie geköpft.

Ria ist aber auch wirklich elegant, da schaut jeder Mann gerne hin. Hier alle Augenpaare ohne Unterbrechung, denn sehr wach sind alle Wachen, keine Bewegung darf unbemerkt bleiben, von keiner Partei.

Links und rechts neben Malat stehen zwei Herren in feinen Anzügen. Waffen ja, zumindest bei einem zeichnet es sich ab unter seinem Jackett, aber es sind keine Gorillas, keine Verstärkung oder Wächter. Auch sie sind echte Repräsentanten der Burgunder, wenn auch das niedrige Glied, der tiefere Rang. Ria bedenkt sie mit einem Nicken und gewogenem Blick. Man weiß ja nie, wen man irgendwann noch einmal begegnen wird. Nur die Dummen sind unhöflich und nennen es Stärke.

Rias Adjutanten Paff und Peng wird keine Hand gereicht, dabei war Malat für einen kurzen Moment versucht. Diese Frau in dem Hosenanzug hat ihn aus dem Konzept gebracht. Dann aber Rias Brüder mit diesem ausdruckslosen Gesicht, diesen Seidenanzügen – Paff in heute Naturseide-grau und Peng in glänzend-Flieder. Nein, diese Blicke laden nicht zur Begrüßung ein. Es verbietet sich, also lässt es Malat lieber sein und reibt verlegen seine Hände.

Ria lächelt und zwingt sich mit aller Kraft, die sie hat, zu einem ruhigen Augenaufschlag und würzt es mit Lächeln. Kurz kreuzt sich ihrer mit Malats Blick. Er findet zur Routine zurück.

„Wie schön, haben sie es gut gefunden?", fragt er und breitet die Arme. Das ist albern. Als sei das kleine Café, das Glashaus, in dem sie jetzt stehen, irgendwie zu übersehen oder schlecht zu erreichen. Smalltalk. Franzosen. Paff hatte sie gewarnt, aber Ria ist froh darüber. Es wird gesprochen, das ist ihr Fachgebiet.

„Oh ja, und so eine fabelhafte Location, gefällt mir", säuselt sie und schaut sich lächelnd einmal in dem kleinen, schäbigen Glaspalast um. Draußen, nur Meter entfernt flanieren hörbar Passanten. Kinderwagen rollen über Pflaster, eine Glocke schlägt die Uhrzeit im Turm.

„Wirklich?", fragt Malat, lächelt gekonnt falsch und seine Augen funkeln vor Schalk. Ria aber hält mit ihrem Lächeln dagegen, hat sogar den Kopf lieblich geneigt. „Ja, wirklich. Hier sind wir sicher. Ich mag diese Schießerei ebenfalls nicht", spricht sie und es ist, als ob eine Fliege über sein Gesicht husche. Diese Ehrlichkeit, dieses Direkte konfrontiert. Geradeaus wie die Spanier, er aber ist

Franzose mit Schnörkeln. Ria lächelt tapfer weiter, ihr Herz rast, ihre Finger schwitzen und sie wünscht sich ihre Handtasche herbei nur so als Halt. Doch es läuft gut, beruhigt sie sich. Alles läuft gut.

„Wie schön ...", spricht Malat und ist wirklich aus dem Konzept gebracht. Eine Frau und dann so gewogen und aufrecht und ... unfranzösisch. Malats Dialekt ist minimal. Ria tippt auf ein Studium in der Schweiz. Da ist so ein winziger Hinweis im Tonfall.

„Wirklich nicht. Wir möchten einfach nur faire Verhandlung, faires Hin- und Her der Güter ...", spricht sie und strahlt, als sei sie die Botschafterin einer Handelskammer und brächte frohe Kunde. Malat lächelt und nickt. „... und der Gelder", ergänzt sie und abermals nickt Malat. Das war Hinweis genug. Mit der Hand weist er auf die Tasche auf dem Tisch formvollendet, lässt ihr den Vortritt, galant, wie er ist.

Ria bleibt stehen und betrachtet die Tasche. Ja, sie legt ihre Hände vor ihren Schoß und gedenkt dem Stoffpaket einen Moment. Sie ist groß und prall gefüllt.

„Muss ich nachzählen?", fragt sie keck und ihr ist schlecht. Was jetzt kommt, ist elend, scheiße-gefährlich und ihre Finger sind unangenehm feucht. Das kann nicht gelingen. Und dann ist da diese Frage ... es rast in Ria ... diese Frage ... wo spielt Malat falsch?

„Nicht nötig", versichert Malat und macht eine Geste des Ausgleichs horizontal knapp über der Hüfte. Er grinst, als sei er kein Banker oder schlimmerer Halunke.

„Mach ich aber, das ist mein Beruf", lächelt Ria und zwinkert ihm zu. Auch er lächelt jetzt, es war ja nur ein Scherz. Natürlich zählt sie nach, überschlägt die Summe.

Sehr langsam nimmt sie ihre Handtasche mit spitzen Fingern, bedeutet den Wachen der Burgunder, dass sie etwas aus ihrem Täschlein entnehmen muss, was keine Waffe ist. Und es ist nicht geschummelt, es ist das Besteck. Ihre Beretta, der neue Schatz ist ganz woanders versteckt.

Der Reißverschluss der Sport-Tasche wird geöffnet. Sie überprüft die Diamanten und das beruhigt. Das ist Handeln und das hat sie jetzt vielfach gemacht in den letzten Wochen, denn Diamanten sind die gängige Währung. Wichtig ist die Reinheit, da darf keine Signatur auf den Steinen sein und das Prüfgerät muss angenehm piepen, dann sind sie gut. Wenn das so weiter geht, wird sie noch eine Edelsteinexpertin.

„Ich mag keine Diamanten, sie?", fragt Ria an Malat, der zu seinen Sekundanten zurückgetreten sind. „Och Pff... würde ich nicht so sagen", relativiert er und zuckt mit der Schulter. Ja, er scheint ein wenig dankbar. Endlich eine Botin, die Smalltalk kann. „Aber eine Dame, die keine Diamanten liebt, das ist selten", spricht er sehr aufgeweckt und lächelt nonchalant.

Jetzt ist Ria es, die mit den Schultern zuckt. Sie sucht, reibt Zeigefinger und Daumen in der Luft, sucht an der Decke nach den geeigneten Worten und lässt für einen Moment den Diamanten in der Hand Diamant sein. Er ist Hunderttausende wert. „Ich mag Charakter. Charakter von Menschen", spricht sie und lächelt nonchalant zurück. Malat lächelt, lächelt nicht mehr ganz so sehr. Sie schauen einander an und wissen, dass sie gute Feinde sind, ab jetzt, ab diesem Moment.

Ria zwingt sich, schluckt nicht! Jetzt keine Schwäche, keinen Wimpernschlag. Bloß nicht! Zitternd nimmt sie die Prüfung der Diamanten auf, aber alle sind echt. Nicht überraschend. Hier zu schummeln wäre eine Einladung zum Bandenkrieg. Es gäbe viel mehr Tote in beiden Lagern, als jeder Diamant der Welt wert ist.

Einer der Verstärkung legt Ria eine mitgebrachte Tasche auf den Tisch und die Steine fallen hinein. Jetzt das Geld.

Es sind Dollar, gebündelt in Scheinen. Es ist ein Berg, zusammengefasst von der Tasche zu einem Block. Mindestens fünfzehn Kilo. Ria hält inne, betrachtet das Geld einen Moment. Malat spielt falsch, aber wo ... die Frage rast ... sie rast die ganze Zeit.

Malat steht bei den Seinen. Nichts geschieht, die Zeit rinnt dahin und Passanten auf der anderen Seite des Glases sind hörbar.

„Ist es echt?", fragt sie und Malat grinst, hebt eine Hand zum V. „Ich schwöre", witzelt er und sie nickt. „Sie verstehen meine Skepsis. Sie haben einen bestimmten Ruf", spricht sie spitz und nimmt vorsichtig ein Bündel der Geldscheine auf, schüttelt ihn und lässt die Scheine durch ihre Finger flippen.

Da ist jetzt eine Veränderung bei den Burgundern. Jetzt ist da keine Freundlichkeit mehr, auch keine Feindschaft, nur eiskaltes Geschäft und sie sind beleidigt.

„Wie meinen?", fragt Malat zurück trocken, jetzt doch mit französischem Akzent. „Es heißt, sie spielen gerne falsch", wagt Ria und ihr ist heiß und kalt zugleich. Gewagt ist das. Aber auch ist da eine Ruhe ... sie spürt, sie ist auf dem richtigen Weg. Sie macht es richtig, kann ihre Brüder hinter sich atmen spüren, dabei stehen sie drei Meter zurück für optimales Schussfeld an ihr vorbei. Natürlich ist ein Zeichen vereinbart. Sie sind Profis. Es wäre eine Bewegung, eine einzige eingeleitet von ihr, doch durchgeführt von fünf Personen. Es ginge und die Burgunder lägen mausetot. Nur ... was käme dann? Was für ein Inferno der Kartelle! Aber es wäre möglich. Sie bräuchte nur … gut, der Glaser hätte viel zu tun, aber nicht nur deshalb ist das kein guter Plan. Sie verzichtet und schluckt an der unfassbaren Macht, die sie da hat.

Und dann ist da das Signal. Da ist es! Das Signal der Burgunder, das Zeichen, dass sie braucht. Es ist nur winzig und es ist ihr Fehler, denn es zeigt den Riss in der aalglatten Franzosenfront. Es sind nur zwei Gesten. Die beiden Adjutanten schauen zu Malat und der zuckt mit den Schultern, unschuldig, wie er ist. Das genügt und Ria weiß, wo sie ist. Zumindest so ungefähr. Jetzt muss sie nur noch die Täuschung erfinden.

Es hilft nichts. Sie kann nicht ewig so stehen. Das Verhältnis ist geklärt, sie sind Gegner. Jetzt muss das Geld eingesackt werden und dann nichts wie weg. Sie legt die ersten Bündel Scheine in ihre Tasche, transferiert sie herüber und dann spürt sie es. Dieses Atmen von Gegenüber. Sie hält inne, zögert, dreht sich einmal zu Peng und Paff zurück. Ihre Brüder schauen sie an, zu allem bereit. Ria runzelt die Stirn, weiß nicht recht, ist für einen Augenblick bestürzend hilflos und legt die Geldbündel wieder in die Tasche der Burgunder zurück.

Die wollen die Stimme erheben, doch Ria hebt einen Finger und niemand spricht. Sie hebt wieder ein Bündel Dollar aus dem Stapel, zögert noch einen Moment, reißt die Banderole ab, schüttelt an den Scheinen und wirft sie lose in die mitgebrachte Tasche. So verfährt sie mit dem Nächsten und Übernächsten und wird schneller und die Banderolen fliegen. Sie löst die Scheine auseinander, hält mehrfach einen gegen das Licht der mattierten Glashausscheiben.

„Das dauert ewig", beschwert sich Malat. „Dann dauert es eben ewig", spricht Ria und schaut nicht auf. Jetzt ist da ihr

Ehrgeiz. Wenn ihre Brüder behaupten, Malat spiele falsch, dann spielt er falsch. Das weiß sie und ihre Wut wird immer größer, ihre Hände immer schneller. Die Banderolen fliegen. Zwei der Burgunder lachen auf, doch Ria macht weiter. Ihr ist nicht heiß, ihr ist kalt. Sie fiebert kalt in Suche, und Malat lächelt, aber sein Lächeln erreicht seine Augen nicht.

Dann hat sie es! Sie hat es gespürt. Eine Banderole. Da war etwas. Eine Verdickung. Sie ist doppelt und sie zeigt es überdeutlich den anderen. Langsam hebt sie die Banderole gegen das Licht wie zuvor schon zufällig ausgewählte Scheine. Ja da ist es, da könnte es sein! Rias Herz steht. Es steht aus Triumph und es steht aus Angst, denn jetzt kommt es darauf an. Sie sieht es, erkennt es und wähnt es im Gegenlicht im gelben Papier. Sie zerreißt das Papier geschickt und ein winziger Chip fällt auf den den Tisch zwischen Tasche und Tasche. Nur wenige Millimeter groß, doch alle wissen, was das bedeutet. Es sind Tracker.

Alles schweigt und Malat ist bleich. Er ist wie versteinert und alles steht im Raum. Die Männer, der Atem, der Staub. „Ganz ruhig", spricht Paff und Ria weiß, wie er hinter ihr steht, in welcher Haltung. Es ist ganz knapp, ganz knapp jetzt. Sie sind nur einen Atemzug vor einem Inferno entfernt.

Ria bebt, fasst sich wieder, presst ihre Lippen aufeinander und schwitzt. „Ganz ruhig bleiben alle. Das ist bestimmt ein Versehen", spricht sie und nickt in Zeitlupe in Richtung Malat. Der ist noch immer aus Granit und starrt entsetzt. Dann treffen sich ihre Blicke, und der Blick hält. „Das ist bestimmt nur ein Versehen. Da ist etwas schiefgelaufen, wir wollen hier jetzt keinen Krieg, das gibt keinen Sinn", spricht sie und ihre Stimme versagt, leider geht es nicht weiter. Es kommt nichts mehr aus ihrer Kehle. „Das macht gar keinen Sinn. Es ist ein Versehen", wiederholt von hinten Peng ruhig und Ria ist ihm unendlich dankbar. Peng ist einfach ein Schatz mit seinem Wiederholungstick. Für einen denkwürdigen Moment sind sich alle einig in dem Zimmer aus Glas, alle. Sowohl die Azteken als auch die aus Burgund.

„Ich, mache jetzt alle Banderolen ab, und stecke die Scheine ein und dann gehen wir. Und den Rest, dieses Missverständnis, das klären die Bosse, wäre das ein Kompromiss? Die können das viel besser als wir", bietet Ria an und hat keine Ahnung, woher sie die Kraft für diese Worte nimmt.

„Ausgezeichnete Idee", stimmt Malat zu, er hat sich gefangen, atmet einmal tief durch bei sehr steifer Haltung. „Machen wir so", stimmt einer seiner Adjutanten zu. Es ist der mit der Brille und ohne Waffe im Sakko. Die Burgunder sind sich einig und nicken, hinter Ria atmet die Verstärkung der Azteken durch. Peng und Paff atmen nicht, denn sie atmen nie im Dienst.

Ria nimmt ihre Arbeit wieder auf, zerfleddert die Bündel der Scheine. „Das ist wirklich beängstigend", spricht Malat und hat die Faust unter sein Kinn gestützt, sieht wie ein kleiner Denker aus. Eine dreiste Geste ist das in Anbetracht seines Spiels.

Drei weitere Chips hat Ria in den Banderolen entdeckt. Alles fliegt auf einen Haufen Papier auf dem Tisch.

„Da hat ihnen wohl einer ein falsches Ei ins Nest gelegt. So dumm sind sie nicht, dass sie das riskieren mit uns, das kann ich mir nicht vorstellen", spricht Ria, während sie ihr Arbeit tut.

Da ist ein Blick. Ein Blick tiefer Feindschaft und Dankbarkeit zugleich. Ria ist ein Albtraum für Malat, gleichzeitig rettet sie alle und ihn. Beides gleichzeitig ist selten, aber möglich. Ria baut eine Brücke für ihn. Er nickt nur dazu.

„Nein, bin ich nicht, das müssen wir klären“, gibt er zu und scheint ehrlich zerknirscht, kratzt sich einmal am Haar.

„Vielleicht gibt es eine ganz einfache Erklärung dafür. Vielleicht sind ja dritte im Spiel“, spricht Ria und ist beinahe fertig damit Spreu von Weizen zu trennen, Geld von Trackern. Sie muss einmal an der Tasche rütteln, damit die nun gelockerten Scheine hineinpassen. Sie und Malat wechseln einen Blick. Beide, ja der ganze Raum, weiß, dass das mit „den Dritten“ Unsinn ist. Es sind keine Dritten im Spiel.

Dann ist die Tasche gepackt, Ria zieht den Reißverschluss zu. Beinahe galant wie ein geübter Diener zieht einer ihrer Verstärkung die Tasche nach hinten weg.

„Puh, nah dann. Das war knapp. Aber ich denke ... also ich denke, wir bekommen das hin und aus der Welt. Wir machen alle Fehler. Ist mir in der zehnten Klasse auch einmal passiert und ich schwöre, ich hab nicht geschummelt“, spricht sie und die Erleichterung ist im Raum zu spüren. Gut hört sich das an, versöhnlich, auch wenn Rias Worte giftig sind. Die Gefahr ist nicht vorbei, noch immer knistert die Luft, aber nicht mehr ganz so sehr. Neuer Konsens.

Malat nickt geschlagen langsam zu ihr hin, hält sein Jackett geschlossen mit vorgehaltener Hand mit Siegelring, wie es sich gehört. „Also dann“, spricht Ria und breitet die Arme, kommt auf ihn zu. „Wir schaffen das schon, wir sind doch erwachsene Menschen“, endet sie erleichtert und es gibt Küsschen links und Küsschen rechts und es ist nur eine Bewegung mit ihrer linken Hand und die Spritze steckt in seinem Hals.

Doppelspritze um präzise zu sein. Ria zieht sie aus seinem Nackenmuskel, wirft sie weg und tritt einen Schritt zurück. Malat steht wie erstarrt, hat sich die Hand auf den Nacken gepresst. Da war ein Stich und seine Augen sind weit. Ewas an ihm verändert sich.

„Was für ein Fehler sie Cretan!", faucht Ria und Malat wankt, hat die Hand gehalten an seinen Hals. Doch der Stich ist nicht das Problem, er schaukelt vor und zurück. Seine Bewacher stehen regungslos, wissen nicht, doch Ria erklärt es ihnen schnell, bevor sie auf dumme Gedanken kommen: „Das ist Insulin. Er ist so gut wie tot. Das Insulin verhindert, dass seine Mitochondrien die Glukose aufnehmen können. Überdosis. Sie können ihn retten und ihn noch mit Zucker füttern", spricht sie und schüttet mit schnellem Griff einer Hand ihre Handtasche aus. Traubenzucker ... wie es in der Apotheke auf der Theke steht, verpackt in buntem Kunststoff, schliddert auf den Tisch, dazu das Diamantenprüfbesteck.

„Sie können ihn retten, aber schnell. Dreißig Sekunden vielleicht. Geben sie es ihm zu fressen, vielleicht schafft er es, aber ich weiß nicht, ob sie das wollen. Im Prinzip ist er tot und sie sind ihn los", spricht sie und tritt weiter zurück. Das Prüfbesteck für die Diamanten liegt zwischen den Traubenzuckerdrops. Das dürfen die Burgunder behalten. So wichtig ist ihr das nicht.

Nichts passiert. Keiner der Burgunder Entourage bewegt sich und kommt Malat zu Hilfe. Viel zu überrascht sind sie. Das ist keine Schießerei, das ist etwas anderes, das kennen sie nicht.

Malat wankt, wankt vor, wankt zurück mit weiten Augen, schaukelt nach rechts, nach links. Es hat etwas von Roboter. In den Siebzigern bewegten sich Roboter so.

Blicke gehen hin und her zwischen Burgund und Azteken, aber ... es fehlt nur noch, dass einer die Schultern hebt. Hier gibt es nichts zu tun. Das ist kein Kampf, es ist gelaufen. Der Burgunder mit der Brille, der Sekundant ohne Waffe, richtet mit manikürten Fingern an seinem Brillengestell, tritt einen Schritt zurück, damit er nicht mitgerissen wird, denn Malat fällt. In seinem Malven-Anzug schlägt er hart auf den Boden. Insulinschock.

„Es geht schnell, ist aber ziemlich unangenehm. Übrigens nicht nachweisbar, das macht die Entsorgung leicht", erklärt Ria und nickt. Der Herr mit der Brille schaut interessiert zu ihr. „Der Körper baut das Insulin auch nach dem Tod noch ab, die Mitochondrien haben noch ein paar Minuten länger", erklärt Ria, lächelt aber nicht, denn die Panik steigt auf. Keine Zeit ist mehr für anatomische Details. Bis jetzt war es cool, es hat funktioniert, sie muss hier raus. Unbedingt! Jetzt!

Kapitel XXXIV

Jetzt aber weg und schnell, aber sowas von ... und diesmal ist es Ria, die schneller als ihre Brüder ist. Sie bestimmt das Tempo getrieben vom Adrenalin. Wie im Flug geht es aus der Glasbude über den Marktplatz zwischen den Passanten hindurch und ihre Aztekengarde folgt, so schnell sie kann. Sie fliegen über das Pflaster in schnellem Schritt. Der mit der Tasche rennt sogar, da er die kürzesten Beine hat. Immer geradeaus, immer auf die Gasse zu, Hauptsache weg von diesem offenen Platz.

Peng dreht sich einmal herum, aber nichts. Die Burgunder folgen nicht. Wozu? Sie haben vor Ort zu tun. Der Glas-Pavillon auf dem Platz ist doch ein Tatort geworden und trotzdem sind die Scheiben heile geblieben.

In der Gasse, Peng und Paff rennen neben Ria, sie holen auf. Die Schöße ihrer Seiden-Jacketts flattern im Gegenwind. „Santa Maria", fauchet Peng und Paff ruft den Schutzheiligen der Diebe an. Ersatzweise, denn der Schutzheilige der Killer ist ihm nicht bekannt. Sie fluchen auf Spanisch und hören gar nicht mehr auf. Das ist Rias Rolle, sie haben sie ihr abgeschaut, ja, sie haben die Rollen getauscht. Heute war Ria der Killer vom Dienst.

Die nächste Gasse links, dann rechts. Passanten spratzen auseinander, sogar Polizisten auf Streife machen ihnen Platz. Ria strebt starr geradeaus, nur nach vorne, nach vorne, nach vorne. Sie hat gehandelt und schweigt. Sie hat es geschafft, ein Sieg auf ganzer Linie und das Gefühl ist riesengroß. Sie könnte platzen, gleich hier auf dem Pflaster, es gäbe einen Riesenknall!

„Was für ein Wahnsinn!", hält Paff alle schließlich an. Die paar Sekunden in der Gasse der Innenstadt müssen sein. Kurz Luftholen. „Was für ein Wahnsinn!", stößt auch Peng aus und reibt sich über sein Gesicht. Er kann es nicht fassen. Beide Killer laufen im Kreis vor Erregung und Ria könnte platzen, noch immer. Mehrmals vielleicht sogar. Die Verstärkung hat aufgeholt, ist wie alle außer Atem.

Ria steht voller Adrenalin, braucht einen Moment und ihre Brüder fluchen, schimpfen und laufen in kleinen Kreisen, der eine mit, der andere gegen den Uhrzeigersinn. „Madre, Madre, Madre", wimmern sie und gestikulieren, bauen die Spannung ab. Ria aber ist gebündelt. Eine Befürchtung wächst in ihr. „War das falsch?", fragt sie unsicher. Ihr Herz rast wieder neu, denn so aufgebracht kennt sie ihre Brüder nicht. Die schütteln sich und pressen sich die Fäuste gegen ihre Stirn. Ria kann ihre Adern auf ihren Schläfen erkennen, denn sie sind geschwollen. In ihren Brüdern ist Hochdruck wie noch nie.

„Bist du irre Mädchen? Bist du irre?", brüllt Paff, ist vor Ria gesprungen und hat ihre Handgelenke gepackt. Voller Entsetzen starrt er sie an, presst ihre Handgelenke, dass sie schmerzen. Hochrot ist sein Kopf. Ihr Blick tanzt hin und her und sie versucht ihn zu lesen. „Madre, Madre", wiederholt Peng noch immer im Hintergrund, geht jetzt sehr aufrecht und holt tief Luft.

„Wo kam diese Spritze her? Woher? Sag es mir?", brüllt Paff sie an. „Aus dem Haar", haucht Ria. Sie hatte sie in ihrer Hochsteckfrisur versteckt. Wenn man schon nicht schießen kann, dann ...

Paff lässt ihre Handgelenke los, taumelt zwei Schritte zurück und schüttelt den Kopf.

„Increíble, increíble", ruft er „unglaublich, unglaublich" und es schallt in der Gasse. Endlich ... sie versteht und Paff hebt beide Hände und Ria klatscht ihn ab. Sie hat alles richtig gemacht.

Kapitel XXXV

Da ist eine Feier erlaubt. In der Apotheke findet sie statt, im hinteren Raum, der mit dem trüben Licht von der Decke, den Medikamentenschränken überall, den Papieren in den Fächern und Unterlagen der Kunden und Patienten. Mittendrin stehen sie und die Matratze ist einstweilen an die Wand geklappt.

Ja, alle sind sie da, alle sieben. Die Verstärkung, Peng und Paff und natürlich Ria und Rias Erfolg wird gefeiert. Sie, Ria, wird gefeiert und alle stoßen miteinander an. Es ist ein Exzess, denn Peng und Paff haben Sekt in ihr Mineralwasser mit Bitzel gemischt. Das ist jetzt schon sehr bitzelig. Alkohol! Aber es ist ein besonderer Tag, da darf das sein und sie dürfen sich betrinken.

Ria ist härter und nimmt den Sekt pur aus einem Wasserglas und die Verstärkung sowieso. Die haben schnell noch ganz andere Flüssigkeiten in einem Kiosk erstanden.

Der bis neulich so skeptische Klan der Verstärkung hat klar in Rias Lager gewechselt. Sie erkennen nicht nur an, dass Ria sehr elegant aussah die ganze Zeit in ihrem Hosenkleid, nein, es war ein Geniestreich. Freimütig bekennen sie, stolz zu sein, denn sie waren dabei. Malat ist erledigt. Diese lästige Zecke sind sie los und das gilt nicht nur aus der Perspektive der Azteken. Da gibt es noch ganz andere, die davon profitieren.

So edel und formvollendet hat Ria dieses schleimige Arschloch umgebracht und stylisch und mit so viel Dramatik in Formvollendung. Das ist schon jetzt Legende.

Und einmal so anders, ganz ohne Schusswaffeneinsatz – macht ja auch einmal Spaß. Auch Mörder und ihre Zuarbeiter lieben dann und wann die Abwechslung.

Was für ein Fest, als Malat in seinem feinen Anzug Farbton Malve auf dem Boden aufschlug! Wunderbar! Sie haben nur nicht gejubelt, weil man das in der Andacht eines Syndikatstreffens nicht tut. Das wäre taktlos und kein Benimm. Auch zwei aus Burgund haben gelächelt, wird eifrig berichtet.

„Und das Beste ist: Sie hatten auch noch eine Wahl! Sie hätten ihn retten können, aber hast du gesehen wie, der Demirelle zur Seite getreten ist? Habt ihr das gesehen! Von wegen Hilfe und loyal!", krächzt der Anführer der Verstärkung, der mit Bart und grüner Jacke, der einst, damals, neulich, gestern so sehr gegen den Einsatz von Ria war. Auch er ist begeistert, wie könnte er anders? Was für ein fabelhafter Mord! Mord ohne Gemetzel! Eine Sternstunde!

Demirelle – so hieß der Adjutant der Burgunder mit Anzug, Brille und mit ohne Waffe. Längst haben sie geklärt, erklärt und gefeiert, dass genau das der springende Punkt war. Er war Adjutant und Gegner, Vertreter des anderen Lagers der Burgunder und genau in diesen Spalt hat Ria den Keil getrieben mit der Spritze aus Insulin. Sie hat Malat aus dem Vorstand der Burgunder seziert mit Doppelspritze und … eigentlich war sie es ja nicht … sie hat ihn gar nicht umgebracht! Das ist der Clou!

Dreißig Sekunden Zeit hatte Malats Kumpanei Zeit, ihn zu retten, aber niemand hat es getan. Genial. So richtig beliebt war er wohl nicht. Die Burgunder, zumindest das Malat-feindliche Lager, muss den Azteken dankbar sein, für diesen Liebesdienst. Wahrscheinlich sind sie es auch. Ganz viele andere mit Karrierewünschen haben jetzt bei ihnen freie Bahn. Die Bilanz der Azteken: Sie haben die Tasche, sie haben das Ansehen, sie haben die Burgunder geschwächt und gelähmt, bei denen jetzt Nachwuchskämpfe einsetzen. Volle Punktzahl plus Bonuspunkte!

„Wie bist du draufgekommen? Wie bist du draufgekommen, dass die Scheine getracked werden?", fragt jetzt der Anführer der Verstärkung. „Irgendwo musste ja der Betrug sein", antwortet Ria nonchalant und zuckt mit der Schulter. Ihr Wasserglas ist leer. Sie braucht mehr Sekt, noch ein Glas. Aber mehr dann doch nicht, denn auch diese Feier ist nicht ohne Gefahr. Sie sind zu siebt! Das sind vier zu viel, denkt Ria, denn Ria traut nur ihren Brüdern. Nur denen, denn sie sind Azteken wie sie.

Die Feier geht weiter. Es wird geplaudert und gelästert. Besonders über die Franzosen, die Lackaffen und die Migranten, die keiner mag. „Ich kenne einen Migranten, der ist voll okay, der ist cool", spricht sie und wird skeptisch beeugt. Ria ist es lustig. Sie hat sich lässig zwischen Regal und Matratze geklemmt, sehr unpassend zu ihrem edlen Seidendress. „Wirklich?", wird sie gefragt. „Ja, Hamit ist cool", spricht sie fröhlich. „Ja, Hamit ist cool", stimmt Peng zu. „Ja, Hamit ist cool. Nichts gegen Hamit", wiederholt Paff und nickt.

Kapitel XXXVI

„Hätte das mit den Drops geholfen?", fragt Paff.

Die kleine Feier ist vorbei und Ria hat mit ihren Brüdern einen Haken geschlagen. Sie sind in ein Hotel in die Vorstadt umgezogen. Ganz spontan, muss niemand wissen. Der Apotheken-Unterschlupf wurde zu heiß. Zu viele wussten davon. Sieben wussten und sieben sind, vier zu viel, wie ja nicht nur Ria weiß. Ja, sie hat in den letzten Wochen wahrlich etwas gelernt. Sie sind eine Einheit die drei. Und seit heute sowieso und die Waffe, ihre liebe Beretta liegt unter Rias Kopfkissen und darf mit ihr später schlummern.

„Du meinst, ob der Traubenzucker gereicht hätte, das Insulin zu neutralisieren?", fragt Ria. Sie hat sich ausgezogen, geduscht, eingecremt und frisch gemacht für die Nacht. Sie steht mit einem neuen Glas Sekt aus der Hotelbar. Wie gesagt, das Spesenkonto ist so groß wie der Atlantik, da darf man auch die überteuerte Ware aus dem Zimmerkühlschrank nehmen ohne schlechtes Gewissen.

Paff nickt. Ja, genau das hat er gemeint. Ria lächelt. „Nein, auf gar keinen Fall. So schnell kannst du den Zucker gar nicht fressen. Tödliche Dosis", antwortet sie und zwinkert ihm zu. „Dann war er also auf jeden Fall erledigt?", „Ja, auf jeden Fall. Es ging nur darum, den Burgundern zu suggerieren, sie hätten noch eine Chance?", fragt er zurück. Er sitzt auf der Bettkante mit um die Hüfte geschlungenen Handtuch, genau wie Peng auf der anderen Seite. Sogar die Haltung ist gleich und sie sind sich so ähnlich. Es hat etwas von Spiegelbild. Manchmal ist das mit dieser Synchronität wirklich dämlich und übertrieben. Nur weil es bei der

Arbeit und beim Sex wirkungsvoll ist, es von zwei Seiten gespiegelt zu bekommen, muss das nicht den ganzen Tag sein. Sie sind hier privat. Sie sind nicht im Dienst. Aber so sind sie ihre Jungs, Ria hat es akzeptiert. Sie brauchen das. So halten ihre Brüder sich aneinander fest. Die haben es ja auch nicht immer leicht und bestimmt hier und da Zweifel.

„Klar. Ich gehe ja nicht das Risiko ein, dass Malat überlebt. Den Feind werde ich ja nie wieder los", spricht sie und nippt am Sekt. Sekt aus Wassergläsern ist toll. Die Oberfläche ist so groß und ganz fein spratzen die platzenden Gasperlen Sekt gegen ihre Lippen, bevor sie trinkt.

„Nimm das du Cretan", macht Peng sie nach und die Bewegung dazu mit Spritze in der Hand in Malats Hals. „Ich habe gesagt: „Was für ein Fehler sie Cretan!", das macht einen Unterschied", korrigiert sie und grinst. Die ewigen Schweiger nehmen es mit der Sprache leider nicht immer so genau. Dabei ist das sooooo wichtig, denn Sprache suggeriert Wirklichkeit.

Paff und Peng nicken, denn das war ein guter Plan und ein guter Satz. Stimmt ja. Da muss ja sogar ein Burgunder verstehen, dass dieser Versuch dämlich ist. Dafür kann man schon einmal eine Überdosis Insulin kassieren, das ist gerecht.

„Dass Malat tatsächlich das Geld getrackt hat. Das hätte böse ausgehen können für uns. Die hätten gewusst, wie unser Geldfluss funktioniert", spricht Paff und Peng nickt wieder. Die Brüder schauen einander an über das Bett hinweg, diesmal nur beinahe ausdruckslos.

Ria stutzt, hebt die Augenbrauen und lächelt verschmitzt. Keck steht sie da so ohne alles, nur mit dem Glas in der Hand. Ein Bein hält sie angewinkelt, wie Models es auf dem Laufsteg zur Präsentation gerne tun. Und Ria hat abgenommen. Sie ist schlanker, ihr Gewicht ist im Sinkflug, leider.

„Das ist nicht euer Ernst?", lacht sie und wundert sich weiter. Ihre Brüder schauen wieder zu ihr hin. Sie verstehen nicht, schauen und schauen und schauen sie an.

„Das glaubt ihr nicht wirklich?", haucht sie, kann es einen Moment nicht fassen, aber ja, sie glauben das! Jetzt grinst sie sehr breit, lässt die Kante des Wasserglases über ihre Lippen gleiten. „Jungs, denkt nach!", fordert sie, aber ihre Brüder schauen stur zu ihr unbewegt.

Sie tritt einen Schritt vor, stellt den Fuß aufs Bett, schaut den einen, dann den anderen an.

„Malat wäre nie so dumm! Nie! Nicht bei den Azteken, bei uns! Der präpariert doch nicht die Scheine! Seid ihr irre?", spricht sie, tippt sich gegen die Stirn so sehr, dass der Sekt im Glas schwappt und lässt ihre Augen funkeln.

„Aber die Chips!", spricht Paff und hebt dazu eine Hand. Ria muss sich schütteln, denn er glaubt wirklich daran. Sie kann es nicht fassen, aber sicherheitshalber fragt sie lieber noch einmal nach: „Du meinst die Tracker, die ich aus den Banderolen geschüttelt habe? Die kleinen Chipsdinger?", will sie wissen und beide Brüder nicken.

„Die lagen doch in der Apotheke überall herum. Ich habe sie aus den Gesundheitskarten gebrochen", erklärt sie und die Luft im Raum steht. Die Brüder blinzeln unbewegt, die Information muss sacken.

„Ich kann Malat doch nicht davonkommen lassen, nur weil er uns nicht linkt", ergänzt Ria und versteht noch immer nicht, wie ihre Brüder das nicht durchschauen konnten. Sie sind doch Profis.

Und dann sprechen sie einen Satz, den Ria nicht versteht, weil sie eben doch noch nicht so ganz Aztekin ist und dann wieder doch völlig und total:

„Cuatlicue – du bist Cuatlicue", haucht Paff.

„Ja, sie ist Cuatlicue", spricht Peng.

„Was ist das?", fragt Ria zurück, denn da ist wieder dieses Wort, das auf ihrer Waffe eingraviert ist. Die Brüder antworten nicht, verarbeiten noch weiter die Information mit den Chips, den Trackern, dass sie aus der Apotheke waren, gar nicht zur Verfolgung geeignet. Sie versuchen zu begreifen, wie sehr Ria den linken Malat gelinkt hat und die Burgunder dazu und wieder nicht.

Kapitel XXXVII

Graue Tinte hängt über Grenoble. Nieselregen hat eingesetzt und heute ist bewölkt. Nimbostratus überall, eine dicke allumfassende Wolke ist der Himmel. Eine Unverschämtheit ist das, gestern war es noch so schön.

Vielleicht hat das französische Wetter auf Trauer geschaltet, weil Ria einen Franzosen ausgeknipst hat in dem kleinen Glaspalast mitten in der Stadt.

Trotzdem ist Ria zufrieden mit dem Nieselregen, denn wegen ihm – so vermutet sie - laufen nicht so viele Touristen im Freien herum, sondern drücken sich lieber in die Gastronomie. Je mehr sich dort verstecken, desto weniger sind draußen und stören.

Es ist der Tag danach, nach ihrem Coup mit Malat. Er ist den ersten Tag tot und gefallen im Krieg, gestorben an zu viel Insulin und Ria ist am Leben. Das fühlt sich gut an, besonders für Ria.

Aber sie hat ein wenig Kater und es ist nicht der Kater des Alkohols, sondern der Kater der Gefühle. Von so viel Überschwang, so viel Emotion und Spannung und Höhepunkt, kann es nur bergab gehen.

Was für ein Stress gestern! Was für eine Spannung! Was für ein Auf und Ab! Und was für Handlungen! Ria hat einen Menschen getötet, aber das fühlt sich gar nicht so an. Es fühlt sich nicht schlecht an, eher gut. Es ist eine Variante von Euphorie. In gewissem Sinne, den sie nicht zuordnen kann, hat es sogar Spaß gemacht.

So schlecht war das nicht, diesem Malat die Spritze in den Hals zu donnern! Im Gegenteil! Darf man auch keinem erzählen, ist aber so.

Bestimmt zehn Mal hat Ria die Bewegung wie im Schattenboxen nachgemacht heute über Tag, denn sie war so besonders. Der Griff zum Haar, diese Drehung der Hand und dann hinein in seinen Hals und zack Injektion. Dieser unglaubliche Moment, diese Vibration: Getan! Sie hat es getan! Sie hat es getan und war noch Wange an Wange mit ihm. Und dieses Herausziehen. ... Wunderschön ... Welch eine Befreiung, welch ein Finale!

Wovon Ria befreit ist, weiß sie nicht so recht, aber gut fühlt es sich an.

Und dieses Gefühl ist ein Problem. Es ist kein emotionales Problem, sondern ein intellektuelles. Wie geht man mit diesem positiven Gefühl um, das da nicht sein darf oder sein soll?

Sie müsste doch ein schlechtes Gewissen haben; spätestens heute müsste es einsetzen, aber Nullo!

Ria ist fröhlich und munter und bester Dinge, nur ist es heute so still und niemand ist zum reden da, das ist ihr Problem. Wohin mit ... wohin mit dem, was sie erzählen will, muss, muss-will.

Peng und Paff zählen nicht. Mit denen reden ... das geht nicht und die sind eh wieder irgendwo unterwegs und Ria ist allein mit all ihrem Alleinsein und latscht diagonal hin und her durch die Stadt.

Kein Zufall ist, dass sie wieder auf ihrer Aussichtspaltform landet und das sogar bei Nieselregen, wo es gar keine Aussicht gibt.

Tatsächlich läuft sie im Regencape herum schon seit zwei Stunden, was sehr wenig damenhaft aussieht, sondern eher wie eine Tüte über ist, aber es ist Ria egal. Das Damenhafte trägt sie ja drunter und wenigstens ist das Cape dunkelgrün, also ist Ria quasi getarnt.

Das entspricht ihrer Stimmung. Sie kommt zur Ruhe, nach dem gestrigen Abenteuer, will in der Deckung bleiben und in Deckung bleiben gelingt dunkelgrün besonders gut.

Der Platz mit der Aussichtsplattform, der Park mit seinen Bänken und dem jede Menge Grün und Bäumen für die Stadtluft und die Hunde, liegt verlassen da. Nicht einmal die Hundegassigänger trauen sich bei dem Wetter hier hinaus.

Viertel nach eins, Nachmittag. Vielleicht ist das auch keine gute Hundezeit.

Aus reinem Trotz kauft Ria am Kiosk ein Eis. Maracuja-Kokos, aber es schmeckt bei diesem Wetter nicht. Diese Aromen brauchen Wärme.

Sie bummelt ein wenig herum an den unbesetzten Parkbänken vorbei. Alles liegt nass und über der Stadt ist es diesig.

Ganz allein steht sie, Regencape, Kleid, Stiefeletten, Beretta, Eis. Mehr braucht sie nicht. Sie hat nur sich selbst.

Also fängt sie an.

Wenn man – und dafür muss man sich in Rias Lage versetzen – ganz allein mit zwei Killern wochenlang um die Häuser zieht und andere Kriminelle umbringt, immer in einer anderen Stadt, ohne Sozialkontakt, keine beste Freundin – genauer: nicht nur keine beste, nein, gar keine Freundin hat, - geht das nicht lange gut. Dann muss man sich als junge Frau etwas einfallen lassen.

Spätestens, wenn man auf der Toilette in Zimmerlautstärke Gespräche führt und in Tränen ausbricht, da keine Antwort kommt, dann braucht man eine Strategie. Oder einen Psychiater. Oder einen Priester.

Als Killerin im ersten Lehrjahr ... schwierig. Wer kann mit diesen Themen umgehen? Wer hat diesen Erfahrungsschatz, den sie hat? Wer hat diese Probleme und kann ihr etwas raten? – Niemand

Also spricht Ria mit sich selbst und ganz geheim ganz allein.

Sie muss ihre Unterhaltungen mit dem großen Niemand führen. Oder mit dem Nieselregen, so wie heute. Ihr bleibt gar nichts anderes übrig.

Heute fällt es Ria nicht schwer, denn sie platzt vor „Erzähldrang". So viel hat sie sich zu erzählen und mit dem Wichtigsten fängt sie an:

„Ich sage jetzt einen Satz, von dem ich nie geglaubt hätte, dass ich ihn spreche: „Ich bin zu dünn"", erklärte sie entschieden die wichtigste Information in Richtung des Nieselregens, lächelt und wartet, dass eine Antwort kommt.

Stille. Nur Autos hupen unten in der Stadt.

Ria fährt mit dem Finger über die nasse Geländerstange der Brüstung und schiebt das Wasser weg.

„Aber ich sehe sehr gut aus. In dem Hotel, in dem wir sind, hängt ein großer Spiegel. Darin sah ich ganz gut aus", spricht sie und wird leiser. Keine Antwort.

Sie bummelt die sechs Schritte zur Bank über den nassen Kies und setzt sich, denn niemand ist zu sehen, da kann sie es riskieren mit dem Rücken zu sitzen gewendet zum denkbaren Feind.

Sie wirft das Eis in den Papierkorb. Es schmeckt nicht und Maracuja ist eklig. Ganz plötzlich ist das, denn vorgestern war das noch nicht. Außerdem ist das Waffelhörnchen vom Regen aufgeweicht.

„Ich habe jetzt eine Beretta, boah, die ist toll, die ... die hat die Kennung 00.0000.000.00 ...", Ria zögert, überlegt, ob die Anzahl der Nullen stimmt, aber alleine auf einer Parkbank im Selbstgespräch ist das denkbar gleichgültig.

„Jetzt muss ich nur noch schießen lernen. Also ich meine richtig schießen! Ich war ja schon gut, richtig gut, richtig, richtig gut! Habe ich immer gedacht, aber gegen Peng und Paff ... oh man", spricht Ria belustigt, gackert, rüttelt an der Kapuze ihres Capes und schüttelt den Kopf. Auch als Jahrgangsbeste aller Disziplinen der Schießausbildung der Polizei ist sie im Vergleich zu ihren Lieblingskiller eine lahme Ente. In den Disziplinen Geschwindigkeit und Trefferquote trennen sie Welten. Der Abstand ist etwa wie Rennwagen zu Rakete und als Psychopathen sind die beiden die Ruhe selbst, kennen keine Nervosität und haben die Präzision von Automaten. Es ist beinahe lustig ihnen beim Üben zuzusehen, hat etwas von Cyborg.

Ria sitzt auf der Bank und gerade so reichen ihre Sohlen bis zum Boden. Sie schiebt ihre Stiefeletten durch den Kies, schaut sich dabei zu, wie die Streifen entstehen.

„Ich kann nicht mehr. Habe ich das schon gesagt?", fragt sie in den Nieselregen. Antwort: keine.

„Ich bin am Ende ...", spricht sie, fühlt, dass sie am Ende ist und presst die Lippen aufeinander.

Ein Flugzeug fliegt hörbar-unsichtbar irgendwo über der Wolke Richtung Westen.

„Ja, habe ich gesagt. Sage ich jedes Mal", nickt sie, weiß sie und betrachtet ihre Stiefeletten, klopft sie gegeneinander. „Ich gehe kaputt. Ich sterbe", spricht sie, meint damit, dass das, was sie einmal war, eine junge Frau mit Träumen. Sie ertrinkt in Gewalt, erlischt, verblüht ... keine Antwort.

Diesmal weint sie nicht, wozu auch? Ihr Gesicht ist eh schon nieselregennass.

„Peng und Paff sind so ... sind so ... Oh Gott, wie sind sie denn ...?", sucht sie nach einer Bezeichnung, aber ihr fällt keine ein. „... lieb", ergänzt sie am Ende, obwohl es das nicht trifft. Sie sind nicht lieb, sie sind irre. Komplett irre, aber so etwas sagt man nicht. Und dann und wann sind sie ein wenig brutal, dann aber maximal, aber nicht zu ihr, macht also nichts. Und dann sind sie lieb, da sie lieb zu ihr sind und die einzigen in ihrem Leben, denn da ist niemand sonst, denn sie sind ein Trio.

Endlich lächelt Ria, denn jetzt kommt ein schöner Gedanke: „Ich habe Malat getötet", spricht sie, aber das hört sich nicht gut an. „Getötet" klingt so negativ. Es hört sich bei weitem nicht so gut an, wie es sich angefühlt hat. Nein, „getötet" klingt so dürftig. Das Gefühl ist viel größer, viel einnehmender und unbeschreiblich. Das muss man selbst erlebt haben. Neben dieser elenden Nervosität, - die Umstände waren ja alles andere als unkompliziert oder easy -, war es wie eine ganz dicke Entscheidung, die sie da gefällt hat, und Ende-aus. Über Leben und Tod war die

Entscheidung, jawohl! Und zwar über seins! Und Malat war ein Schwein, da scheinen sich alle einig zu sein. Alle sind sie hochzufrieden mit Ria, sie hat es richtig gemacht. Deshalb lächelt sie.

„Das muss man sich einmal vorstellen, ich kleine Rebecca Halms habe Malat getötet! DEN MALAT!", spricht sie nicht ohne Stolz, denn Malat war … ach später davon. Doch niemand würdigt ihre Leistung, denn nur Nieselregen fällt.

Die Kapuze ihres Capes klebt an ihrem Haar. Auch von innen wird es irgendwie darunter feucht, obwohl es doch die Nässe abhalten soll. Ihre Waden sowieso. Nass sind sie, denn das Cape bedeckt sie nicht. Aber es ist Ria gleich, da kommt es nicht drauf an.

„War gar nicht einfach. Ich dachte, ich dachte, ich dachte …", spricht sie und endet nicht. Sie schließt ihre Augen und bebt ein wenig. Es ist diese Belastung, die ihren Ausgang sucht. Sie hat jemandem eine Spritze in den Hals gerammt. Das ist Töten von nah und ohne Distanz! Das ist Töten in physisch, nicht in Abstrakt, am Abzug oder aus der Ferne. Das ist Mann zu Mann! Das wirkt und hinterlässt Spuren in der Hand, die es tat. Im Arm. Im Gewissen. In Ria.

Sie klammert sich an die feuchte Stange der Bank mit ihren Händen und nach einer Minute ist alles wieder gut. Es zieht vorbei.

„Man, ein Königreich für eine Zigarette", flüstert sie, aber niemand reicht ihre eine. Niemand gibt ihr Feuer.

„Oh Gott, Freddy, ich vermisse dich so sehr", seufzt sie, schiebt Kies mit dem Fuß und beißt auf ihre Unterlippe.

Mit Freddy war es immer so bunt und munter und so warm und witzig und wild.

Na gut, mit Peng und Paff ist es auch wild, das kann man nicht anders sagen, aber es ist ein anders wild. Das ist nicht das, was sie meint. Ria meint dieses lustige wild, dieses von Frau zu Frau und verspielt und wenn sie Mädchen miteinander sind. Das fehlt.

Mit Peng und Paff kann sie sich nicht streiten und ärgern und zanken und plappern. Sechs Wochen ist sie jetzt mit ihnen, nur mit ihnen, aber der Sinn für Humor der beiden ist noch immer nur rudimentär. Sie sind komisch, das schon, aber nie warm.

Ria zieht an ihren Fingern aus reiner Langeweile und macht eine Grimasse.

„Ich würde so gerne auf der Treppenstufe mit dir sitzen und der bekloppte Hamit kommt rüber und bringt uns seinen Ayran mit Benzin, oder was auch immer und ... dann ist alles gut, das wäre schön", spricht sie und schaut zur Seite in den Park und denkt an Freddy. Da war eine Bewegung, ein Hund, ein Mensch oder ein Fuchs.

„Stattdessen muss ich hier Mörder sein", murmelt Ria und fühlt sich tausend Prozent wie die einsamste Mörderin im Nieselregen, die es gibt auf der Welt.

„Ach Freddy, man ...", jammert sie und weint jetzt doch, flennt auf der Stelle auf der Bank und verdreht ihre regennassen Finger ineinander. „Mensch bitte, sei da, kannst du mich hören?", jammert sie leise und ihre Stimme dünnt aus und sie küsst ihre nassen Fingerspitzen und wünscht sich, wünscht sich, wünscht sich, ja wünscht sich so sehr, dass es Freddys Fingerspitzen wären, dass Freddy sie hören könne, und weint noch ein bisschen, denn sie ist so unendlich allein.

Ihr Wunsch geht in Erfüllung. 650 Kilometer entfernt sitzt Freddy in einem Besprechungsraum mit Kopfhörer auf dem Kopf und weint bitterlich, denn sie hört jedes Wort. Wenn auch ein wenig verzerrt.

Kapitel XXXVIII

Es gibt Situationen, da reicht eine Beretta nicht aus. Heute ist so eine. Genaugenommen morgen, denn Peng und Paff und Ria sitzen in einem Auto mit getönten Scheiben und sondieren die Lage. Heute wird nichts passieren, aber morgen dafür ganz viel.

Nähe Novara, westlich von Mailand haben sie am Straßenrand Stellung bezogen. Kurzzeitig. Es ist nur eine Visite, eine Ortsbesichtigung. Der Motor läuft sogar noch. Hier ist eine Location, ein Ort, wo in Hinterzimmern Verbrechen gedeiht. Es ist ein kleines Hauptquartier. Doch wird dort nicht richtig abgerechnet, das ist das Problem. Die lokalen Ganoven beherrschen die Buchführung nicht oder besonders gut und kreativ. Ja, sehr kreativ, doch kreativ zum Schaden der Azteken. Das erfordert den Einsatz der Berufsaufsicht.

Die Berufsaufseher sind in diesem Fall Peng und Paff und Novizin Ria. Die lokale Untergruppe einer aufstrebenden kriminellen Vereinigung hat den Fehler gemacht, auf ihrer, der für die Azteken nachteiligen, Berechnungsgrundlage zu beharren.

Die Details des Buchführungsproblems hat Ria nicht verstanden. Sie mag keine Zahlen und überhaupt: Man muss nicht alle Hintergründe kennen und Quittungen kontrollieren eigenhändig, wenn man Berufsaufsicht ist. Nicht in dem Marktsegment der organisierten Kriminalität. Der Verdacht reicht aus. „Est probare infirmis" – dem Schwachen obliegt der Beweis, ist das Motto aller Kartelle. So ist es inneres Gesetz, denn die Kartelle sind die Starken. Und ebendiesen Beweis haben die Mailänder

Vorstadtbuchführungsfälscher nicht erbringen können. Schade.

Geschäfte unter Verbrechern und Verbrechersyndikaten funktionieren auf der Basis von Vertrauen. Da darf nicht geschummelt werden und wenn doch, muss das Konsequenzen haben. Im Falle der Azteken bedeutet das, niemand kommt ungestraft davon. Es bedarf eines Paukenschlages, etwas Lautem mit Reichweite. Es muss ein Statement sein, damit solche Vertrauensbrüche in Zukunft Raumübergreifend nicht mehr vorkommen. Schön wäre im Raum Südeuropa.

Drei Minuten lang wurde zwischen Peng und Paff diskutiert, wie das zu geschehen hat. Opfer ja, aber nicht zu viele. Eine Lektion soll es werden, ohne gleich die gesamte Kumpanei von der Karte zu tilgen. Stabilität ist das Ziel, wenn auch bei reduzierter Personalstärke der dann wieder zur Freundschaft genötigten Bande. Vor allem muss es geräuschvoll sein und in den Zeitungen stehen überregional. Das ist für die betroffenen Verbrecher dann dreifach unangenehm. Sie haben die Verluste an Personal und an Renommee und alle Hände voll zu tun, sich die Öffentlichkeit und Staatsanwaltschaft vom Hals zu halten.

Kurz und schnell und vor allem laut ist Devise und diesmal ist es Ria, die den Knall macht. Peng und Paff werden nur die Vorhut bilden. Sie sind der Köder, und Ria ist die, die zuschlägt.

Ria ist nicht wohl bei dem Gedanken. Das ist nicht ihre Liga. Sie dringt da in ein neues Fachgebiet vor und dementsprechend ist sie bereits am Vortag nervös.

„Da", spricht Paff und zeigt mit einem Finger auf ein kleines Labyrinth von Betonelementen. Mülltonnen werden dort versteckt und aufbewahrt. Etwa dreißig Meter sind es von dort bis zum Einsatzgebiet.

Das brusthohe Labyrinth aus Waschbeton gehört zu einem Bürokomplex und der ist das Ziel der Tat. Ein mittelhoher Bau in Stadtrandlage. Es mischen sich Großhandel, Lagerräume von Speditionen und Bürogebäude ohne Sinn für Schönheit oder Repräsentation.

Hier parken mehr Nutzfahrzeuge als Limousinen am Straßenrand.

„Ja, da", bestätigt Peng und Paff fährt wieder an. Die Besprechung ist nach diesem Wortwechsel beendet und Ria prägt sich die Position ein. Sie versucht, die Lage zu erfassen und dabei nicht ängstlich an der Seitenscheibe zu kleben. Ihr Wohl und Wehe, ja, ihr ganzes Leben hängt davon ab, dass sie morgen alles richtig macht.

Sie muss etwas ganz Bestimmtes tun, etwas so Ungeheuerliches, etwas so Verbotenes, dass sie seit dem Frühstück keinen Bissen herunterbekommt.

Das Problem bei Straftaten dieser Art ist, das Herauskommen aus der Situation, das Entkommen. Das Hineinkommen ist einfach, das kann jeder. Nur das unerkannt entkommen, das nicht aufgeregt scheinen, das sich lässig entfernen, ohne sich zu verraten, das ist die Kunst.

Ja, sie sind vorbereitet. Ja, sie haben alles durchgespielt. Aber nur einmal und mit wenigen Worten, wie es bei Peng und Paff Sitte ist.

Vor einiger Zeit ist Ria der Vergleich mit Ballett eingefallen. Balletttänzerinnen sind so trainiert in Bewegungen und Nachahmung und Improvisation, zeigt man ihnen einmal eine neue Schrittfolge, so kennen sie sie, können sie anwenden und variieren. Tanzen und die zugehörigen Bewegungen sind in ihrem Fleisch und Blut.

Und so ist es auch mit Peng und Paff. Sie sehen eine Szene, fahren mit dem Auto vorbei und haben erfasst, wie sie vorgehen werden. Sie haben einen Plan B, C, und D, eine Einkaufsliste für Ausrüstung im Kopf und brauchen sich nicht einmal abzustimmen, denn jeder von beiden weiß, was der andere denkt.

Nicht so Ria. Für sie ist alles neu und eine Abstellfläche für Müllcontainer kann im Einsatz ein Hindernissparcour mit Sackgassen werden. Angst lähmt, Panik macht orientierungslos, Aktionismus vergeudet wertvolle Zeit.

In ihrer Ausbildung in der Polizeiakademie wurde immer dezidiert geplant, tage- und wochenlang im Voraus und jedes Detail durchdekliniert und an Tafeln aufgezeichnet und besprochen. Da war kein Raum für Kreativität und geschossen wurde meistens mit Platzpatronen.

Mit Peng und Paff muss Ria intuitiv funktionieren. Nach kurzer Visite des Einsatzortes, was nur eine Umschreibung für Tatort ist, muss sie wissen wie und einen Reserveplan haben, besser zwei. Und die Kugeln sind echt und es wird mit echten Kugeln zurückgeschossen. Auch dieses Detail ist nicht unerheblich. Es stresst, wird man beschossen, musste sie in den vergangenen Wochen feststellen. Keine Übung kann einen darauf vorbereiten. Das ist so neu und anders, es ist wie Tag und Nacht.

Und morgen, das wird ihre große Prüfung. Nein, falsch. Es wird die nächste große Prüfung, nur ist diesmal besonders: Sie arbeiten getrennt und Ria hat die Rolle der Paukenschlägerin. Sie ist zuständig für den großen, lauten Rums. Bisher war es andersherum.

Dementsprechend desolat ist ihre Lage. Bis zum Einbruch der Nacht ist sie sich absolut sicher, niemals und keine Sekunde schlafen zu können. Im Gegenteil schläft sie dann wie ein Stein und traumlos und sitzt gegen fünf in der Früh kerzengerade im Bett.

Frühstück nicht möglich. Es ist kein Denken daran, denn ihr Nervenkostüm ist löchrig wie ein Tarnnetz. Einen einzigen Energieriegel konnte sie zu sich nehmen und hat zwei Minuten benötigt die Verpackung zu öffnen.

Peng und Paff sind die Ruhe selbst und haben sich hübsche Anzüge ausgewählt bei synchron alt-rosa Krawatte. Altrosa ist Pengs Lieblingsfarbe. Sie spiegelt sein liebliches Gemüt, ist er überzeugt.

Ria ist pragmatisch gekleidet heute in Jeans, Sportschuhen und Wendejacke und wenn sie für irgendetwas dankbar ist, dann ist es die Uhrzeit: Später Vormittag. Müsste sie warten noch einen weiteren Tag, das hielte sie nicht durch.

Ria hat Glück und findet eine Parklücke, die nicht nur unverdächtig ist, sondern garantiert nicht zugeparkt wird neben einer Feuerwehreinfahrt. Eine Sorge weniger.

Das Problem vor so einer Unternehmung sind die Details, was alles falsch laufen könnte, diese Kleinigkeiten. Sie geistern im Kopf herum und blockieren, erzeugen Angst und drehen sich immer weiter, bis man schließlich die Orientierung über das Große Ganze verliert. Es soll schon Killer gegeben haben, die haben ihren Auftrag vergessen oder Passanten getötet aus Versehen, denn sie waren geblendet in Angst vor eingebildeten Gefahren.

Rias Skoda ist geparkt, das Wetter Ideal und nicht zu warm, so dass sie nicht unter ihrer Jacke schwitzt.

Jetzt kommt es auf das Timing an. Sehr angespannt sitzt sie im Wagen, wartet und wartet und wartet eine Ewigkeit, was in Wahrheit nur vier Minuten sind. Ria ist schlecht. Da ist eine Grundübelkeit und noch zittern ihre Hände. Kaum kann sie ihre Fingerspitzen ruhig am Lenkrad halten. Das muss sich ändern, gleich darf das nicht sein.

Sie schaut die Straße entlang. Fünfzig Meter sind es bis zu ihrer Position, den Müllcontainern, dem kleinen Betonkomponentenlabyrinth.

Und Ria muss sich entscheiden. Hält sie drauf oder drüber? Diese Frage beschäftigt sie seit gestern Mittag, doch mit Peng und Paff kann sie sie nicht besprechen.

Hält sie drauf, sterben Menschen. Hält sie drüber, bleiben sie am Leben. Sind sie tot, ist Ruhe, hält sie drüber, hat nur ihr Gewissen Frieden. Einen Rest von Frieden.

Es ist eine moralische Entscheidung und moralische Entscheidungen kann sie mit Peng und Paff nicht besprechen. Ihre Brüder haben keine Moral. Ihr Maßstab ist die Effektivität, nicht, ob sie in den Himmel oder die Hölle kommen. Und Ria will in den Himmel, noch immer. Sie ist hoffnungslos naiv und glaubt, das sei der bessere Plan. Himmel und Hölle … Kinderkram.

Dieses ewige Hin und Her – hält sie drüber oder nicht -, macht mürbe. Dabei hat sie sich schon entschieden. Drüber natürlich! Sie ist Polizistin. Sie kann nicht einfach … nein, das kann sie nicht, auch wenn die Gegner selbst Verbrecher sind. Ria ist der Hinterhalt und sie werden wehrlos sein. Sie habe keine Chance gegen sie. Ria wird zwischen den Müllcontainern stehen und …

Nein, sie wird drüber halten, definitiv. Sie wird die Burschen ein wenig erschrecken, das wird genügen. Doch, was werden ihre Brüder sagen? Ein großer Paukenschlag wäre das nicht. Dann wäre es nur ein Trommelwirbel ohne Tusch.

Nein, sie kann nicht … denkt sie wieder und dann sieht sie ihre Brüder. In einem dunklen BMW kommen sie ihr entgegen, passieren stur die Stelle, wo sie parkt, schauen nicht einmal zu ihr hin und Ria fühlt sich unglaublich allein. Es sind doch ihre Brüder, warum schauen sie nicht?

„Oh mein Gott, oh mein Gott, oh mein Gott. Gott steh mir bei", flüstert Ria und Spucketropfen fliegen. Sie sabbert und muss die Spucke zurückziehen und abwischen mit zittrigen Fingern. Das war ein Gebet, dabei ist sie nicht einmal getauft.

Und schon deshalb antwortet Gott nicht, dabei könnte er wirklich. Es wäre jetzt kein Problem. Ria würde es niemandem verraten, wenn er zu ihr spräche, Ehrenwort. Sie wären doch alleine im Wagen ohne Zeugen und niemand würde es hören. Sie braucht Hilfe, sie bräuchte seinen Rat.

„Bitte verzeiht mir, bitte verzeiht mir, habt ihr das gehört? Es ist so fürchterlich. Es ist so fürchterlich ... das war nie geplant", spricht sie, richtet diese Worte aber nicht zu Gott, sondern zu anderen, die sie hoffentlich hören. „Bitte, bitte, das war so nie vorgesehen. Aber was soll ich machen? Was soll ich denn machen?", wimmert sie und weiß, sehr genau, was sie tun muss. Leider.

Dann sieht sie zwischen den Fahrzeugen hindurch Peng und Paff in Richtung des Eingangs gehen. Beinahe bummeln sie, scheinen sehr entspannt, als treffen sie zu einer geschäftlichen Unterredung ein. So scheint es! Ein Höflichkeitsbesuch. Dabei ist es das nicht. Es ist als Provokation angelegt. Beide richten an ihren Jacketts und streben mit ihren Glatzen und Waffen, ihren altrosa Krawatten und all ihrer angespannten Gelassenheit in Richtung des Verbrecherhauptquartiers.

Was sie geplant haben, sie drei, ist auch für die Maßstäbe Italiens, dem Land der Mafia, brutal angelegt. Es ist außergewöhnlich heftig. Die Azteken wollen einen

Denkzettel hinterlassen, eine Duftmarke setzen, die überregional Wirkung zeigt. Die Azteken sind härtesten aller! Das soll klar werden und im Land der Mafia liegt die Messlatte hoch.

Als hinter Peng und Paff die Eingangstüre zufällt und Ria sie hinter dem Glas verschwinden sieht, wird sie ruhig. Jetzt gibt es kein zurück. Sie schaut auf die Uhr. Vier Minuten wartet sie, dann steigt sie aus. Sie richtet ihre Perücke. Rias Haar ist heute schwarz.

Sie schlägt eine andere Richtung ein, weg vom Zielort.

Sie beschreibt einen Bogen von etwa zweihundert Metern, kommt dann die Straße zurück in der Deckung der abgestellten Lieferwagen und erreicht ihre Position.

Vor und hinter ihr stehen felsenfest die Waschbetonelemente mit den Müllcontainern. Und nein, sie schaut sich nicht um mit einer Drehung des Kopfes. Das wäre dümmlich verräterisch. Nein, sie geht in Deckung und taucht ab und hockt. Sie wartet auf ein Signal und lauscht. Es müssten dumpfe Schüsse sein aus dem Inneren des Gebäudes. Peng und Paff werden den kleinen Sit-in sprengen, so ist es geplant.

Um Ria herum rauscht leise die Stadt. Die Sonne kämpft sich durch die Wolkendecke und schickt einige Strahlen.

Bum, bum, bum. Drei dumpfe Schläge. Es sind Schüsse gedämpft von Mauern und Beton. Ria entsichert. Da ist eine komfortable Nische zwischen den Betonelementen, wo sie hocken kann. Von hinten Deckung und von vorne.

Vor ihr in fünfunddreißig Metern der Eingang des Hauptquartiers. Ein Bürogebäude, unverdächtig. Freies Schussfeld. Türflügel mit Glas, ein kleines Podest mit einer

Stufe. Rechts eine Einfahrt zu einer Tiefgarage, alles gepflastert, doch der spielt keine Rolle.

Bum, bum, hört Ria wieder, doch jetzt ist es lauter. Eines der Türgläser splittert und Ria versteht: Peng und Paff haben die Wächter an der Türe eliminiert. Querschläger wahrscheinlich flogen ins Glas.

Was jetzt passiert, geht sehr schnell. Es dauert keine fünf Sekunden insgesamt. Fünf Sekunden, die alles entscheiden werden und Ria ist vollkommen ruhig.

Die Lage ist klar, der Eingang glitzert im Sonnenlicht. Das Licht bricht sich im gesplitterten Glas, noch ist niemand zu sehen.

Dann die Türe, sie fliegt auf und sehr schnell, sehr zügig, ja rasend schnell fliegen Peng und Paff heraus. Sie stürmen mit den Waffen in Händen, ja sie fliegen, ohne panisch zu sein hinaus aus dem Hauptquartier gerade Linie hin zu ihrem Wagen. Es scheint wie eine Flucht, doch es ist ein Locken, denn da ist Ria und Ria ist die Falle.

Merke: Kommen bei dir einmal Peng und Paff zu Besuch, so laufe ihnen nie hinterher, auch wenn sie unhöflich waren. Tue das nie, denn es kann sein, da steht eine Ria und dann hast du ein gewaltiges Problem. Peng und Paff arbeiten eben nicht immer allein. Nein, sie arbeiten zu dritt, nur herumgesprochen hat sich das in Verbrecherkreisen noch nicht.

Und Ria weiß, ihre Brüder verlassen sich auf sie. Sie sind ohne Deckung jetzt über viele Meter bis zur Straße. Der Gegner hat perfektes Schussfeld herab von dem kleinen Eingangspodest.

Kaum sind Peng und Paff durch die Türe, öffnet sie sich wieder und der erste Verfolger erscheint.

Ria hebt die Waffe und legt an.

Mit dem Einsatz einer modernen Maschinenpistole, wie hier Typ PMX, stellt man den Gegner vor ein Problem. Er ist mit einer Kugelwand konfrontiert. Es ist eine Wolke an Geschossen und deckt eine ganze Zone mit Projektilen ab. Es geschieht gleichzeitig, denn fünfzehn Patronen pro Sekunde verlassen die Waffe.

Und genau solch eine PMX hält Ria eingespannt neben ihrer Wange bei ausgefahrener Schulterstütze.

Noch zwei Gangster erscheinen und es ist wie in Zeitlupe: Sie stürmen Peng und Paff hinterher, bringen ihre Pistolen im Anschlag und niemand von ihnen schaut zu den Müllcontainern. Wie Schießbudenfiguren serviert auf einem Silbertablett stehen sie für Ria.

Sie zögert einen Sekundenbruchteil. Wenn sie jetzt eine Garbe über die Köpfe der Ahnungslosen jagt, bekommen die den Schreck ihres Lebens. Dann gibt es nur Rückzug für sie, haltlosen Rückzug. Das wäre eine deftige Machtdemonstration bei perforierter Fassade. Mit einer Maschinenpistole aus einem Hinterhalt ... mit einer PMX ... hält man eine ganze Kompanie in Schach, ist die Deckung gut. Und Rias Deckung ist perfekt! Sie ist aus Beton.

Ria sieht es über die Visierung, nun sind es vier! Vier aufgeregte Gangster stürmen und hasten. Einer setzt an zum Schuss, hält den Arm schon gestreckt in Richtung ihres fliehenden Bruders.

Ria hält drüber, zieht dann nach unten, drückt ab und hält drauf, von links nach rechts in langsamer, gleichmäßiger Bewegung. Es ist ein „RRRRRTTT" 30 Kugeln rotzen aus dem Lauf und mähen die vier Männer nieder. Sie fliegen weg und nach hinten und werden im Flug von weiteren Kugeln getroffen.

Vorbei. Als sie auf den Boden aufschlagen, ist Rias Magazin geleert. Sie sieht eine Pistole im hohen Bogen taumeln, aus der Hand eines Gangsters hoch in die Luft geschleudert. Sie glitzert silbern in der Sonne, während sie fällt. Blind wechselt Ria das Magazin. Durchladen nicht nötig, es ist eine PMX und automatisch gespannt. Als die Pistole des Gangsters den Boden berührt, ist Ria aufmunitioniert und ihre Waffe neu geladen und im Anschlag.

Doch Frieden ist auf der Rampe. Keine weitere Bewegung und die Stille nach dem RRRRTTT ist krachend.

Ein Nachzügler erreicht die Szene. Einer der Gegner rennt die Auffahrt der Tiefgarage hinauf mit Pistole in der Hand. Er kommt von rechts, hat nicht begriffen, nicht verstanden. Es sind zwanzig Meter und er kommt Ria immer näher. Er ist gewandt in Richtung der Rampe mit Waffe im Voranschlag, bemerkt Ria in ihrer Deckung kauernd nicht. Es ist falsch und tölpelhaft. So handelt kein Profi. So stolpern Idioten und Ria empfindet eine Viertelsekunde Mitleid. Irgendein kleiner Gangster wird er sein. Ein Fahrer vielleicht, den der Lärm aus der Tiefgarage aufgeschreckt hat. Er steht genau vor ihr. Ria legt nicht einmal an. Nicht nötig, zehn Meter sind es jetzt und sie hockt zwischen den Betonelementen und er tut ihr leid. Die Szene ist so voller Unschuld und er steht mit dem Rücken zu ihr. Zwei Sekunden, drei.

Jetzt versteht er, sieht seine Verbündeten am Boden liegen, all diese Einschusslöcher, das zersplitterte Glas der Doppeltüre, das RRRRTT hat er gehört und langsam, wie benommen und Schlimmes ahnend dreht er sich herum. Er sieht sie und ihre Blicke treffen sich.

Er ist jung. Ein Alter wie Ria. Es ist kein böses Verbrechergesicht, nein, ein normaler, junger Mann. Das Einzige, was ihn als Verbrecher ausweist, ist die Pistole in seiner Hand.

Sie sieht sein Entsetzen, sein Begreifen. Er lässt seine Pistole fallen und hebt beide Hände.

Ria kauert und schaut ihm zu. Er spricht etwas, doch Ria hört es nicht, sieht nur seine Lippen in Bewegung und der Blickkontakt hält. Ria schluckt. Er atmet, sie atmet. Er taumelt zurück einen Schritt. Er bereut alles, bereut sein ganzes Leben. Er schüttelt den Kopf, hält die Hände hoch und weit, so weit er kann und hat sich ergeben und Ria drückt ab.

Eine Minisalve und er fliegt zwei Meter nach hinten durch die Luft.

Jetzt aber weg und nichts wie verschwinden. Die PMX unter die Jacke gedrückt, schält sie sich aus ihrer Deckung überquert nach kurzem Kontrollblick und zügiger Zickzackbewegung die Straße, ist im Wagen und Start und auf und davon.

Nicht zu schnell, nicht mit quietschenden Reifen, nur zügig.

Es sind nur zwei Blocks. Sie muss nur zwei Blocks hinter sich bringen, doch drei Ampeln und alle zeigen Rot. Der Verkehr staut sich und unendlich dehnen sich die drei Minuten. Polizeiwagen im Einsatz rauschen ihr auf der Gegenfahrbahn entgegen. Rias Blick springt hin und her, sie sondiert Fluchtwege, aber alles ist gut. Sie ist nur eine dunkelhaarige Frau in einem Skoda, völlig unverdächtig.

Sie erreicht den Parkplatz des Supermarktes und stellt den Wagen ab. Griff in den Fußraum. Sie steigt aus, entsichert und sprüht den Innenraum, Fahrersitz und Konsole mit dem Feuerlöscher ein. Es ist eine schnelle Bewegung, der Feuerlöscher ist klein. Auch die Fahrertüre bedeckt sie von innen mit einem Sprühschub, wirft den Feuerlöser hinein und schlägt die Türe zu.

Ihren Schnürsenkel muss sie binden auf dem Parkplatz, so scheint es. In Wahrheit versenkt sie den Wagenschlüssel im Gully.

Am Altglascontainer vorbei und Ria entsorgt ihre Handschuhe. Als sie den zweiten Wagen erreicht, sind keine dreißig Sekunden vergangen.

Haken schlagen mit dem Auto für weitere zwei Blocks. Sie entnimmt ihr Handy aus dem Handschuhfach während der Fahrt. Nur Anfänger nehmen Handys mit zum Tatort.

Jetzt muss sie improvisieren, ab jetzt ist alles variabel. Entscheidend ist: Wo ist ein Parkplatz? Da! Ein Stellplatz. Sie parkt ein, ist wieder blond, löst sogar ordnungsgemäß einen Parkschein am Parkautomaten. Sie ist ja Polizistin, Ordnung muss sein, verschließt den Wagen, entsorgt die Perücke in einem Mülleimer und ist ganz ruhig. Keine Hektik, nein, sie ist im Einsatz. Es gibt keinen Grund, hektisch zu sein. Sirenen sind zu hören, aber es ist weit entfernt, mindestens drei Blocks.

Im Schnellzug nach Mailand kommt die Flut. Ihr Blut wird von Hormonen geflutet. Es ist eine Mischung aus Verzweiflung, Erleichterung und Schreck. Ihr Adrenalinspiegel sinkt und jetzt wird es bitter. Jetzt, jetzt nach allem geht ihr Atem gepresst und sie bemüht sich, nicht zu hyperventilieren.

Der Schnellzug ist gut gefüllt und für Ria scheint alles verschwommen. Da sind Kinder, Familien und nur am Rande sieht sie einen großen Hund. Er liegt seelenruhig im Gang und damit allen im Weg.

Auf dem gegenüberliegenden Sitz lächelt eine ältere Dame ihre Zeitung an und liest interessiert.

All das nimmt Ria wahr und dann wieder nicht. Ihr Handy vibriert. Ein Fragezeichen! Ein Fragezeichen wurde ihr geschickt und sie schickt ein Ausrufezeichen zurück.

Peng und Paff sind sogar in Handychats sparsam mit Worten. Rias Finger schwebt über dem Display, sie sucht Worte, Worte, die Sinn für Peng und Paff ergeben. „Alles gut", schreibt sie nur, steckt das Handy weg und nichts ist gut.

Der Zug sirrt über die Gleise und die Landschaft bewegt sich draußen vor der Scheibe. Ria schließt die Augen. Sie ballt ihre Faust und presst sie gegen ihr Gesicht.

Sie musste! „Ich musste, ich musste. Er hat meine Augen gesehen", wimmert sie lautlos. So sitzt sie im Zug, rundherum sind Menschen, die leben, die lebendig sind und vielleicht sogar ein wenig glücklich und Ria kämpft mit ihrer Erinnerung. RRRRRTT hat es gemacht. Sie sieht die getroffenen Gangster, wie sie wegfliegen, sie sieht es aus ihrer Perspektive, wie es war, hinweg über ihr Visier. Die Pistole, die glitzernd in Zeitlupe zu Boden rotiert. Der junge Mann in der Einfahrt, seine hochgerissenen Hände, sein Sturz.

Sie musste! „Ich musste, ich musste. Ich musste doch! Er hat meine Augen gesehen. Ich hatte keine Wahl", hämmert sie den Gedanken in ihren Kopf und schlägt mit der Faust gegen ihre Stirn.

„Ich musste, ich musste, ich musste, es gab keine Alternative", murmelt sie, wiederholt sie und wiederholt und hofft, dass sie es glaubt.

Und die Erleichterung kommt. Es ist eine neue Flut und sie ist riesengroß und schwemmt alles fort. Diese Erleichterung! Ihr Atem wird frei! Sie hat es geschafft und alle ist gut, alles ist gut, alles ist gut, fühlt sie. „Alles ist gut", schwimmt in ihrem Blut und Ria dissoziiert das

Geschehene weg, irgendwohin, wo es vergessen scheint und doch in ihr wirken wird.

Ja, Ria lächelt sogar. Die Dame ihr gegenüber schaut sie an über ihre Zeitung hinweg und scheint freundlich. Auf ihrer Nasenspitze steckt eine schmale Lesebrille. Sie spricht mit Ria, spricht Worte, die sie nicht versteht. Italienisch und Ria zuckt mit den Schultern, ist sehr fröhlich nun, denn alles ist gut. Ihre Hand, an ihrer Hand, durch die Tasche ihrer Jacke hindurch weiß sie angenehm und sicher die PMX.

Ach ja, jetzt fällt ihr ein, was sie Peng und Paff schreiben könnte. Das klingt schön und ist unverdächtig. Und die Wahrheit ist es auch.

Sie zieht ihr Handy hervor und tippt: „Ich liebe sie, sie ist noch ganz warm", grinst Ria hochzufrieden und schickt die Botschaft ab. Da dürfen ihre Brüder ruhig einmal knobeln, was sie damit meint.

Kapitel XXXIX

Die beiden folgenden Wochen laufen mit Routinegeschäften ab. Straßburg, Konstanz, Genf. Nichts Besonderes passiert. Es sind Treffen mit Kunden, für die das Azteken-Kartell Dienstleistungen erbringt und sich dafür gerne bezahlen lässt. Oder es sind Kunden, von denen das Kartell weiß, was sie für andere Kunden Dienstleistungen erbringt und das Kartell verdient mit. Oder es sind Irritationen zu klären mit zukünftigen Kunden, die noch nicht verstanden haben, dass sie Kunden sein werden und, dass das Kartell ab jetzt mitverdienen wird.

So oder so, es verdient immer das Kartell und Ria und Peng und Paff sind die Feuerwehr. Sie verleihen den Verhandlungen die entsprechende Würde, den richtigen Rahmen und geben der Sache ein wenig Nachdruck.

Da gibt es viel zu lernen. Ria wird besser und trainiert jeden zweiten Tag mit ihren Brüdern. So sportlich war sie noch nie und sportlich war sie immer.

Interessant im Sinne von entspannend-unterhaltsam war nur das Treffen in Konstanz.

Das war in einem Bordell. Das war neu für Ria und ... wenn man schon einmal da war, dann konnte man auch feiern. Mit Mineralwasser und Bitzel und Beretta.

Der Geheimtipp ist der Trick mit der Waffe. Sie muss nur auf dem Nachttisch liegen und der Abend mit Prostituierten wird kunterbunt, denn die Damen sind extrem motiviert.

Das klingt jetzt böse, doch so ist es nicht gemeint. Einfach scharf, was man damit machen kann. Das war auch für die Huren neu.

Aber ansonsten ... zwei Wochen keine Gewalt, keine Schießerei. Nein, ihre Brüder mussten nicht einmal drohen oder einen zusammenschlagen oder die Axt mitbringen. Nix – total friedlich. Da hat Ria ein Kreuz in ihrem Kalender gemacht. Natürlich nur in Gedanken, denn nichts wäre so dämlich, wie als Killer Tagebuch zu führen.

Heute: Ria erwacht in einem Bett mit sehr weicher Matratze und frischen Laken. Sie hat auf dem Ladegerät ihres Handys geschlafen. Irgendwie muss das Ding aus Versehen auf ihre Matratze gerutscht sein.

Sie macht die Augen auf und alles ist angenehm still, denn sie liegt allein. Sie haben zwei Zimmer gebucht mit Durchgangstüre in einem netten Hotel am Stadtrand von Genf.

Ria grinst in der Erinnerung. Es ist immer lustig die Schlüssel für solche Zimmer an der Rezeption in Empfang zu nehmen. Dieses tiefe Verständnis des Personals. Eine Frau, zwei Männer. Da kann man sehen, was sie denken.

Und wie sehr sie sich täuschen! Es ist ganz anders und viel einfacher: Ab und an braucht Ria eine Nacht ohne die Jungs. Es kann ja nicht sein, dass es ihr jeden Morgen überall weh tut, besonders hinten.

Sie mag es ja, aber ist es immer so, dann flaut es ab und verliert seinen Reiz. So ist es mit allen Dingen. Nein, falsch. „So ist es mit allen schönen Dingen", so muss es heißen. Nur mit den schönen ist es so und niemand weiß warum.

„Kaffee bitte, ich will Kaffee! Ist schon jemand wach?", ruft Ria und hofft.

Die Verbindungstüre steht offen, stand sie die ganze Nacht. Welches Hotel ist schon sicher? Woher will man wissen, wer so über die Gänge streift in der Nacht? Man weiß ja nie, ob sich nicht jemand mit Zweitschlüssel heranschleicht. Und dann liegt man als blonde, etwas zu magere, aber doch akzeptabel knackige Prinzessin in den Kissen und ahnt nichts und dann fällt einer über sie her. Ein Unhold vielleicht. Da wäre es doch gut, wenn die Geschwister aus dem Nachbarzimmer schnell zur Stelle wären.

Okay, der Unhold hätte es dann zwar mit einer ehemaligen Polizistin mit Nahkampfausbildung zu tun, die drei Mal wöchentlich mit ihren Brüdern trainiert und die Beretta griffbereit unter dem Kopfkissen liegen hat, aber es wäre denkbar, dass sich jemand an ihr vergeht. Theoretisch. Tritt nur leider nie ein diese Phantasie, jetzt schon länger nicht. Beim letzten Mal gab es für sie als Erinnerung ein Tattoo auf das Handgelenk.

Diese Gedanken klingen merkwürdig, aber so einen Unsinn denkt man sich zusammen, ist man von Kriminellen umgeben. Man denkt immer nur das Schlimmste und malt es sich schön aus.

Ria streckt sich in den Kissen, dehnt ihren Körper. Da erscheint reichlich verspätet Paff in der Durchgangstüre und schaut sehr streng. Einen Finger hält er hoch, droht und funkelt böse zu ihr.

Glatze, frisches Hemd und Anzughose. Er mahnt zur Vorsicht mit der Geste anstatt eines „Guten Morgens" oder „Wie geht es meiner Göttin?". Rias

Forderung nach Kaffee war etwas frech, doch sie grinst und zupft an einer ihrer Locken.

Schön nackig und dekorativ frisch gestreckt liegt sie in ihren Kissen. Sie will provozieren, sonst passiert seitens ihrer Brüder wieder nichts. Es ist ihre Art, sie zu wecken.

„Und ein Croissant mit Marmelade und Butter bitte sehr", bestellt sie und setzt noch einen drauf.

Sie zieht die Decke artig hoch, drapiert sie gekünstelt und legt ihre Arme ab, Prinzessin, die sie sein will.

Paff zieht ab, ohne „guten Morgen", wie immer.

„Und ich könnte wieder, ich bin wieder heile", ruft sie ihm und dem zweiten hinterher ins Nachbarzimmer.

Auch das ist blanke Provokation und ungefährlich. Heute wird sie nicht benutzt, heute ist sie sicher vor ihnen, denn so viel Zeit haben sie heute Morgen nicht.

Nein, heute geht es nach Barcelona und da wollte Ria schon immer einmal hin. Es ist Jugendtraum. Und es kommt noch besser: Ein echtes Verbrechertreffen wird es sein, überregional und sie, die kleine Ria ist dabei! Ihr Vertrauensbonus steigt offensichtlich steil an, denn immer mehr erfährt sie, wie es bei den Azteken funktioniert und das dort in Barcelona wird etwas Besonderes, definitiv. So viele Verbrecher auf einen Haufen werden es sein, auch wenn es nur die mittlere Verwaltungsebene ist.

Egal, Ria ist mächtig aufgeregt und das schon um Viertel nach acht in der Früh – gar nicht ihre Zeit.

Und außerdem, außerdem als Sahnehäubchen draufgetan auf das Sachenhäubchen obendrauf wird heute geflogen! Das ist spannend! Das möchte sie sehr dringend wissen, wie das funktioniert als Berufsverbrecher. Falsche Pässe und Waffen? Wie macht man das? Wie ist das möglich am Flughafen?

Es muss eine Art Sonderabfertigung geben für Angehörige des Kartells, denn Ria weiß, sie fliegen alle immer munter hin und her auf der Welt, auch interkontinental. Vielleicht werden die Waffen getrennt verbracht, auf anderen Wegen? Ria ist sehr gespannt.

Da liegt sie hellwach in den Kissen, weiß, ein schöner Tag beginnt, denn in der Schweiz ist Fön und keine Wolke und und: Besonders als Verbrecherin kann das Leben angenehm sein. Besonders als und man kommt mächtig herum.

Barcelona ...! Ria träumt ein wenig.

Und endlich, endlich wird der Prinzessin Kaffee und Croissant gebracht. Und ihre Lieblingsmarmelade - Maracuja – gibt es auch.

Kapitel XXXX

Machen wir es kurz: Der Flug war eine Enttäuschung, denn das war alles denkbar einfach.

„Wie funktioniert das denn?", hatte Ria ihre beiden Brüder mächtig gelöchert noch auf dem Flughafengelände. Die konnten am Fliegen nichts Ungewöhnliches finden.

„Mach es uns einfach nach", hatte Paff gesagt. „Einfach nachmachen" hatte Peng geraten und da hat sie es ihnen einfach nachgemacht.

Wie Hulle war Ria aufgeregt gewesen. Alles hatte an ihr geflattert, denn sie kamen dem Security-Check immer näher.

Dann aber, kurz davor, nur drei Meter, haben sie einen Haken zur VIP-Abteilung geschlagen. Dort haben sie ihre Pässe hochgehalten, und zwar der Art, dass zwei Finger ein V bilden sichtbar für die Security und da hatte der Metalldetektor einfach nicht gepiept! Trotz Beretta und Ersatzmagazinen am Gürtel! Einfach nichts!

Auch das Handgepäck: Die Security hat nicht hingeschaut und der Blick auf das Röntgenbild wäre wirklich, wirklich aus Sicherheitsgründen einen Blick wert gewesen!

Nein, nichts. Sie wurden einfach übergangen und bei Ria brach ein Weltbild zusammen. Wie viele Stunden ihres Lebens hat sie in Warteschlangen vor Sicherheitskontrollen verdödelt und jetzt hier können die schlimmsten Verbrecher, Mörder und Berufskriminelle – also Leute wie sie – einfach durch die Kontrolle und nichts passiert und niemand kontrolliert!

„Haben die sie noch alle?", war ihr erster Reflex. Ria war richtig entrüstet, hat sich noch einmal herumgedreht im Rückwärtsgang und zurückgeschaut, aber an der Kontrolle lief alles weiter seinen idiotischen Gang mit großer Sorgfalt. Eine ältere Dame wurde ausgeschimpft wegen 300 Milliliter Haarspray.

„Wie kann das denn?", hauchte Ria entsetzt so verblüfft, dass auch ihre Brüder stehen blieben, und neben ihr zurückschauten auf die Szene in ihrer üblichen, gefühlsfreien Art. Sie verstanden nicht und Ria spürte es.

„Wieso werden wir denn nicht kontrolliert?", gestikulierte sie in wilder Empörung noch immer fassungslos und durcheinander.

Nun verstanden ihre Brüder. „Das ist nicht für uns", erklärten sie Ria die Welt und Ria bekam eine Ahnung, dass es verschiedene Kategorien an Menschen gibt. Und die müssen verschieden behandelt werden, auch bei der Sicherheitskontrolle. Und besonders, besonders, werden unter die Lupe genommen Menschen vom Stamme der Azteken, nämlich besonders gar nicht.

Auch Barcelona ist eine Enttäuschung. Damit ist nicht die Stadt gemeint, denn die ist bestimmt toll. Ria ist sich sicher. Ganz tolle, große Stadt. Bestimmt da hinten irgendwo. Ihre Enttäuschung ist: Sie bekommt sie nicht zu sehen.

Anstatt zwischen Sehenswürdigkeiten zu flanieren, sich an Churros den Magen zu verderben und mit Spaniern zu flirten – mit Peng und Paff geht das nicht, technisch unmöglich – hängt sie in einem Industriegebiet ab.

Manchmal ist ihr Job wirklich zum Kotzen, findet sie.

Dabei hat sich Ria besonders chic gemacht. Weite, wallende Hose aus feinster Seide, glänzend und türkis. Passend das Oberteil in Hochglanz und orangen Punkten – orange/altweiß und weit und raffiniert geschnitten, wie gewunden und gewickelt und halb Rücken frei. Richtig hot und edel! So weit und geschickt ist das Oberteil, dass sie ihre Beretta verstecken kann. Die Absätze nicht zu hoch, man weiß ja nie, wie und ob man fliehen muss. Es ist eine elegante Garderobe und der Preis war astronomisch hoch. Völlig egal ist das, wenn das Spesenkonto Ozeangröße hat.

Aber es wirkt. Sie wirkt wie eine elegante Dame und muss dafür gar nicht viel tun, außer sehr aufrecht zu gehen und mit ihren goldenen Armreifen zu klimpern.

Und dieser Aufwand für ein Gangstertreffen im Industriegebiet! Ria hatte an Szenen, wie in der Pate gedacht. Etwas mit feinem Hotel, Ohrensesseln, finsteren Zimmer und Zigarren und edler Gesellschaft und Dienern.

Und nach der Besprechung kämen dann passend die leichten Mädchen und ab mit ihnen auf die Tische und Ria wäre eine von ihnen, aber nein, aus Gründen der Sicherheit treffen sich die Verbrecher im Industriegebiet!

Was für ein Sturzflug der Erwartungen!

Aber Ria versteht schon. Die Gefahr abgehört zu werden in einem Hotel ist zu hoch. Abgehört, hopsgenommen und und und. Viel zu gefährlich, also Industriegebiet.

Und, dass die Bedrohung für solche Treffen nicht die Polizei ist – die hat eh keine Ahnung und ist harmlos und Undercoveragenten sind nur Gerüchte – sondern andere Syndikate die wahren Gegner sind, hat Ria schon längst verstanden. Die echten Feinde sind Organisationen wie die Cosa Nostra, die Russen, die Drachen, auch so kleine wie die Burgunder, die nicht verstehen wollen, dass die Azteken gerne und oft – im Prinzip überall – im Hintergrund mit von der Partie sind.

So wird auch der Eingang des Gebäudes bewacht und in der beginnenden Dunkelheit wirkt alles gespenstisch. Es ist ein ehemaliges Restaurant, oder eines, dass außer Funktion gesetzt wurde für diesen Zweck.

Auf jeden Fall wirkt es ein wenig schaurig von außen.

Ria und ihre Jungs sitzen noch im Auto und noch ist Ria ein wenig angefressen, wegen der Location der heutigen Sause. Das hier deckt sich eindeutig nicht mit ihren Erwartungen und ganz bestimmt passt es nicht zu ihrem Dress! Es ist ein Fastfood-Restaurant! Oder war einmal eines.

Außerdem ... es ist echt nervig mit den beiden..., muss sie wieder ihren Brüdern alle wichtigen Informationen aus der Nase ziehen. Mit schweigsamen Psychopathen an der Seite macht sie echt etwas mit. Ria hat es nicht leicht, es ist zum Verzweifeln!

„Jetzt bitte erklärt mir doch die Regeln!", beschwert sie sich gefühlt zum dreißigsten Mal, denn jetzt ist letzte Gelegenheit. Sie steigen gleich aus. Sie müssen nur noch über die Straße.

„Sancho kocht", spricht Paff. „Ja, Sancho kocht", wiederholt Peng, als ob das irgendetwas erkläre, und außerdem ist dies die einzige Information, die sie schon hat! Ja, Sancho kocht! Fünf Mal haben ihre Brüder das erzählt.

Ria hängt auf dem Rücksitz in ihrer Seide und macht mit ihren perfekt manikürten Fingern eine Geste, lässt die Finger rollen. Manchmal funktioniert das und ihre Brüder sprechen weiter.

Ja, okay, Sancho ist der Regionalchef, das hat sie verstanden und kocht gerne, auch gut. Ria atmet tief durch. Ihre Brüder sitzen auf den vorderen Sitzen, der Wagen ist eingeparkt und nichts passiert.

„Er kocht richtig gut", spricht Paff. „Richtig tut", nickt auch Peng. Beide schauen einander an und Zweifel kommen auf. Es könnte sein, es handelt sich um den bei ihren Brüdern sehr seltenen Fall der sehr schlecht erkennbaren Ironie.

Ria gibt auf und lässt sich zurückfallen in den Sitz. Es ist zum wahnsinnig werden. Kurz erwägt sie den Einsatz ihrer heißgeliebten Schusswaffe, aber sie wäre chancenlos. Peng und Paff sehen nur so verträumt aus, sie wären schneller als sie, definitiv. Genau deshalb hat sie ihren Brüdern ja diese Spitznamen verpasst.

Hier soll sie jetzt die Verwaltungsebene des Verbrechersyndikats ihrer Wahl kennenlernen und die Vollpfosten auf den vorderen Rängen rücken nicht mit den Regeln heraus.

Und es gibt sie! Verhaltensregeln! Garantiert! Und kennst du sie nicht, schwebst du in Lebensgefahr!

Endlich hat Paff ein Einsehen. „Nichts Privates. Spreche über nichts Privates", erklärt er und Ria nickt erleichtert. Hätte sie eh nicht gemacht, da sie kein Privatleben hat, aber immerhin! Die Informationen kommen jetzt in kleinen Scheiben, kündigt sich an. „Nichts, was du erlebt hast, nichts, was wir planen ...", rät er, als wüsste sie, was sie planen „... oder was du planst." Lächerlich, als hätte Ria einen echten Plan! Ihr Plan ist zu überleben in eleganten Seidenkleidern, das wars. „Nicht, woher du kommst, nicht wohin du gehst oder wo du je warst und frag auch nicht danach", erklärt er weiter und Ria versucht es sich auf ihrem Rücksitz zu merken.

„Und keine Politik, Politik, geht gar nicht", mahnt Peng. „Und sei vorsichtig bei Kritik am Essen, Sancho ist da etwas ...", rät Paff und sucht nach dem geeigneten Wort. „... launisch", hilft Peng ihm aus und beide nicken.

Ria schaut zwischen beiden rasierten Köpfen hin und her. „Und worüber zum Teufel sprechen wir dann?", will sie wissen. Die beiden sitzen und überlegen. Die Frage ist überraschend. Nicht zu reden, nicht zu fragen über keinerlei Themen, war für ihre Brüder noch nie ein Problem. Da haben sie noch nie drüber nachgedacht, denn das können sie besonders gut, Ria sieht es ihnen an.

„Mode?", fragt sie und ... „Ja, Mode geht", bestätigen ihre Brüder.

Und dann innendrin in dem Fastfood-Schuppen ist alles viel schlimmer, als sie dachte. Die Stimmung ist sehr merkwürdig, sehr verhalten. Alles ist Moll. Etwa vierzig Personen begrüßen einander, als seien sie in einer Kirche auf geweihtem Grund und lautes Sprechen sei verboten. Jeder ist freundlich, vorsichtig, aufgesetzt und Ria und Peng und Paff sind overdressed, eindeutig. „Lässig und Leger", oder „schlunzig wie immer", muss auf den

Einladungskarten gestanden haben, aber die hat Ria nie zu sehen bekommen.

Paff im schwarzen Nadelstreifenanzug und perfekter Krawatte, weißem Fischgräd-Hemd, als rurales Zugeständnis. Peng lebt am heutigen Abend seine Vorliebe für hochglänzend Grau in Naturseide in vollen Zügen aus bei perfektem Anzug, dazu in Wildleder-Cowboy-Boots. Ein wilder Kontrast, aber supergut, da edel und doch feinherb.

Und dann Ria mit ihrer Seide und Seide und Seide und wallend ... Make-up perfekt.

Alle anderen sind eher in leger-casual. Einige in Sakko und auch die Figuren sind sehr verschieden. Auffallend blasse Gestalten, auffallend gebräunte Gestalten, groß, dick, dünn, ein Farbiger ist dabei für die Quote und fällt sehr auf, wird aber voll integriert.

Typisch Azteken. Das hat Ria schon häufiger festgestellt. Die Azteken bevorzugen Hispanics, klar, logisch. Hat man keinen Minderwertigkeitskomplex bevorzugt jeder das, was er ist. Aber bei den Azteken werden anderen Ethnien bei entsprechender Leistung voll toleriert ohne Wenn und Aber! Das ist besonders! Vorbildlich! Außer die Asiaten natürlich. Das sind Drachen, alle und ohne Ausnahme und damit Abschaum. So falsch ist das nicht und kein Rassismus, das ist Vorsicht. Der Gedanke ist: Alle Drachen sind Asiaten. Der Umkehrschluss, dass alle Asiaten Drachen sind, liegt aus Sicherheitsgründen nah.

Die Azteken hinken also mit ihrem unilateralen Rassismus kontra Asiaten dem Zeitgeist hinterher. Jetzt, wo der Rassismus neue Blüten treibt überall in der Welt, bleiben sie stur bei ihrer Sicht: Hispanics sind besser als andere, aber andere Rassen können auch so besser wie Hispanics sein, wenn sie sich gleichwertig wie Hispanics Verhalten. Diese Sicht ist von gestern in einer Welt, wo Rassismus von Weißen, gegen Weiße im Aufwind ist mit besonderer Berücksichtigung der besonderen Idee, dass besonders die Schwarzen, besonders sehr und nie rassistisch sind und sein können, und immer weniger je mehr schwarz sie sind, egal wie sie handeln und der Weiße ist schuldig, weil er unschuldig nicht schwarz geboren wurde. So, oder so ähnlich ist ja der aktuelle Rassismus-Trend und zentrifugiert die Menschen in Kategorien phantasierter Vorstellungen historischer Schuld. Die Azteken machen nicht mit und bleiben stur bei dem beinahe-gleichheits-Prinzip. Hier darf ein Schwarzer einfach gleichberechtigt unter Nichtschwarzen sein, Hauptsache er ist der gleiche Typ Verbrecher, meint auf der Seite der Azteken.

Sancho der Gastgeber ist eine Ausnahme in der Gesellschaft. Er verhält sich anders. Er bewegt sich freier und ungezwungener. Der hochgewachsene Mann mit dem mittellangen, festen Haar ist der Prototyp eines lebenslustigen Mexikaners nur ohne Poncho und Sombrero und Klampfe. Er ist zuhause in diesem ausgemusterten Selbstbedienungsladen am Stadtrand oder zumindest verhält er sich so.

Weites, weißes Hemd mit schwarzen, aufgestickten Schlangenornamenten, große, leuchtende Augen, die fröhlich, brutal und gefährlich wirken, wie sich das für einen Gangster gehört.

Ausladende Gestik – ja, er nimmt seine Gäste alle in den Arm, spricht überlaut, lacht krachend und trägt bereits seine Schürze, denn gleich wird er – Ria erfuhr davon – gleich wird er für alle kochen. Etwas drüber ist er, vielleicht etwas zu gut Kokain-gelaunt. Hier und da ergraut ein erstes weißes Haar bei ihm und bei seiner munteren Art und freien Lachen zeigt sich immer wieder sein Diastema – der Schlitz zwischen seinen Schneidezähnen.

Er ist mittendrin. Ihm macht das Gastgebersein Spaß, kein Zweifel.

Und aber Ria und Peng und Paff stehen etwas fernab der ganzen Gruppe, mehr als zwei Meter entfernt und sie sind wie erwähnt eindeutig overdressed. Ria ärgert sich. Sie kennt hier niemanden und die beiden Idioten Peng und Paff neben ihr bekommen es nicht hin mit ihrer Sozialphobie.

Zwar stehen sie für ihre Verhältnisse entspannt im „Freundschaftsmodus", aber weder lachen sie, bewegen sich, noch interagieren sie auf irgendeine Art. Auch wird Ria niemandem vorgestellt.

Das ist nicht nur unhöflich, das ist unangenehm für Ria. Vor ihr, zwei Meter entfernt, begrüßt man einander freundlich, wenn auch verhalten, wie man unter seinesgleichen als Verbrecher so ist. Smalltalk – zumindest vermutet Ria es.

Sie drei aber stehen wie gut gekleidete Ölgötzen herum.

Auch Ria gelingt kein Lächeln. Ihre Laune ist zu mies. Doch zwischen ihren griesgrämigen Brüdern rechts und links wirkt sie geradezu ekstatisch-fröhlich, da sie einfach blond ist, und Frau und auffällt wie ein bunter Hund mit Türkis und Orange und Letzteres sogar gepunktet auf altweißem Grund.

Ria kocht innerlich, ist wütend auf ihre Brüder, denn nichts passiert. Noch zwei Minuten gibt sie ihnen und sie wird sich in die Menge werfen, dann übernimmt sie das selbst.

Sozial sind ihre Brüder Versager, keine Frage. Jetzt hat sie einmal die Gelegenheit auf einem Schlag so richtig harte Verbrecherchefs kennen zu lernen und sie kann nicht, denn sie wird ihnen nicht vorgestellt. Sie steht wie ein Verkehrspilon am Rand mit bunter Seide angetan.

Da sind doch vor ihr mindestens fünfhundert Gefängnisjahre versammelt, wahrscheinlich mehr! Das ist doch spannend, da muss man doch hin und rein und mitmachen! Doch Peng und Paff stehen stocksteif und gehemmt.

Es ist dieser Blick Sanchos, des Gastgebers, dieses beinahe Schüchterne, dieses gar nicht schüchternen Mannes, da versteht Ria es.

Die Erkenntnis trifft sie wie ein Dampfhammer und sie taumelt einen winzigen Moment. Jetzt versteht sie die Szene, warum sie so im Abseits stehen, so besonders am Rand.

Die Erkenntnis ist so groß, so gewaltig und bedeutend, dass Ria alles einen kurzen Moment in über-bunten Farben sieht. Ihre Sicht auf die Welt und auf die gesamten letzten Wochen verändert sich mit einem Schlag.

Sie haben Angst! Alle diese Männer – es sind ausschließlich Männer, Ria ist die einzige Frau – haben Angst vor ihnen!

Es ist keine Freundlichkeit, kein Respekt, kein Außenseitertum, es ist Angst! Deshalb ist da dieser Zwei-Meter-Graben zwischen ihnen und den anderen.

Der Blick dieses Sanchos hat es ihr verraten, denn er hat um Erlaubnis gefragt, ob er sich nähern darf.

Auf einmal wird alles logisch, all das, was passiert ist, wie und wie schräg das alles ist, wie merkwürdig Ria sich all die Wochen fühlt. Nein, Ria zieht nicht einfach so mit zwei exotischen Verbrechern durch Europa.

Sie und ihre Brüder bilden ein Trio. Sie sind die Ober-Killer, die Verbrecher-Feuerwehr, ja, sie sind die Killer, die die Killer killen. Sie sind die, die die Brände löschen, die zwischen den Syndikaten schwelen.

Sie – namentlich Ria – besonders Ria – besonders seit Malat und Mailand – sind es, die Führungspersonal aus dem laufenden Betrieb entnehmen, entnehmen dürfen, ohne dass ihnen jemand etwas kann. Sie sind Azteken und sie löschen!

Das sind Peng und Paff und Ria ist eine von ihnen.

All diese Menschen im Raum haben nicht ohne Grund vor ihnen Angst. Ihr Trio ist die ultimative Instanz, die Exekutanten der Azteken, der Oberbosse, die irgendwo in Schlössern sitzen und beschließen, welches Syndikat was darf und was nicht.

Und deshalb dürfen sie auch ohne Ausweispflicht durch die Sicherheitskontrolle! Sie sind die Werkzeuge derer von ganz oben.

Paff breitet die Hände und weist auf Ria. Ladys first, Sancho darf vor Ria treten und sie begrüßen, es ist ihm erlaubt.

Die Stimmung bessert sich, denn die Quelle der Gefahr – Paff, Peng und Ria – zeigen sich entspannt. Das entspannt alles. Zehn Minuten sind schon um, die ersten Flöten mit Sekt oder wahlweise Mineralwasser mit Bitzel wurden geleert und es gab noch keine Schießerei. Alle werten das als gutes Zeichen.

Und Paff und Peng haben Ria belogen. Natürlich wird geplaudert und gesprochen und über alles und wild und Durcheinander, auch an Themen. Ihre Brüder können das allerdings nicht wissen. Sie kennen das nicht, sie sprechen ja nicht. Oder nicht so viel.

Sancho ist sehr freundlich und versucht überall zu sein. Besonders ist er freundlich zu Ria und ist wirklich galant und freundlich interessiert. Er reißt nur zwei Mal die Latte, da zu schleimig. Mexikaner halt und Ria verzeiht.

Trotz allem: Ria ist beeindruckt von seinen Augen. So braun, so warm und doch so kalt.

Nach zwanzig Minuten hat Ria Vertrauen in ihre Rolle als anerkannte Terminatorin gefasst. Außerdem ist ihr aufgefallen, dass nur Sancho ein Aztekentattoo hat. Ria, Paff, Peng und er. Das fühlt sich schon besonders an. Das gibt Sicherheit und der Sekt belebt und sie wagt es und löst sich von ihren Brüdern. Sie hat da in der Gesellschaft jemanden entdeckt, da muss sie unbedingt hin.

„Verdammte Axt, da muss ich jetzt einmal Hallo sagen", tönt sie sinngemäß auf Spanisch. Ihr Spanisch ist bei weitem noch nicht perfekt, aber Ria wird immer besser. Kein Wunder, sie lernt ja wie eine Irre, schläft neben ihrem Vokabelheft. Manchmal ist es im Bett richtig eng. Knarre, Vokabelheft, Paff und Peng oder wahlweise Ladestation.

Der Angesprochene, ein älterer Herr mit scheußlichem Hemd und Chinos, ist für eine Sekunde erschrocken, wird er doch von Ria angesprochen. Von ihr! Und dann ist die junge Frau auch noch so elegant und hübsch. Welcher Herr Mitte sechzig wird da nicht nervös im ersten Moment? Besonders, wenn sie eine Terminatorin ist und irgendwo unter ihrem Kleid bestimmt ihre Lieblingswaffe versteckt.

Bemüht lächelnd drückt er ihre Hand. „Cuatlicue", haucht er respektvoll, es zuckt in seinem alten, von Altersflecken gezeichnetem Gesicht. Ria ignoriert dieses Wort und lächelt dazu. Da war es wieder! Cuatlicue Sie muss unbedingt googeln, vergisst es nur immer wieder.

Der alte Herr freut sich sehr über den Händedruck, da es wirklich nur Begrüßung ist.

„Also da will ich aber mit ihnen einmal plaudern unbedingt. Sie kenn ich doch. Ihre Fotos habe ich schon so oft gesehen", erklärt Ria und ist wirklich erfreut!

Wenn davon ihre ehemaligen Freunde von der Polizeiakademie wüssten! Da fährst du durch Barcelona und im Industriegebiet im dunkelsten Winkel läufst du deinem alten Idol über den Weg in einem Fastfood-Restaurant. Also, dem Gegenteil eines Idols sozusagen, denn ihr Gegenüber stand auf jeder Fahndungsliste.

Der Herr ist irritiert, auch weil er sich so gar nicht gerne auf Fotos sieht, sie ihn aber von Fotos kennt. Er schüttelt weiter ihre Hand, viel zu lange schon. Sein Gedanke ist simpel: Liegt ihre in seiner, liegt ihre nicht an ihrer Pistole.

„Ich habe einmal ein Praktikum bei der Polizei gemacht, da hab ich sie überall auf den Fahndungsfotos gesehen, sie sind richtig berühmt", klärt sie ihn auf und freut sich dann gemeinsam mit ihm, dass es ihm gesundheitlich noch so gut geht und dass er unwissend so berühmt ist.

Und das nächste Thema liegt auf der Hand: Praktikum bei der Polizei ... das klingt ja interessant.

Der erste Teil der Sause, das im Stehen mit den Gläsern, geht also eins a über die Bühne, trotz der mäßige Location.

Doch da beginnt der heikle Teil: das gemeinsame Essen.

Sancho der Gastgeber hat ja selber gekocht und das höchstpersönlich. Das will und soll gewürdigt werden und wem sein Leben lieb ist, der tut es positiv. Er ist ja so sichtbar überstolz und dann kocht er auch noch für so viele und Kochen ist seine Leidenschaft!

Es dampft und brutschelt hinter der Kochzeile und nicht allen wird gleichzeitig serviert. Nicht einfach bei vierzig Personen ... aber darauf kommt es gar nicht an. Es ist die Geste: Der Gastgeber kocht „persönlich" und wichtig ist nur, dass niemand eine falsche Bemerkung macht. Der Gastgeber neigt – so viel hat Ria verstanden – er neigt bei Kritik zur Cholerik in exzentrischer Form. Ria ist gespannt. Launische Menschen bringen gerne Schwung in biedere Veranstaltungen wie diese, man muss sie nur passend provozieren. Ria hat sich etwas überlegt.

Nun ist Ria nicht mehr aufgeregt, da sie leicht beschwipst und guter Laune, endlich einmal wieder unter Menschen ist. Sie weiß, dass ihr nichts passieren kann. Alle haben Angst, dass ihnen nichts von ihr passiert. Es ist einmal umgekehrt. Voll gut! Sie ist safe. Verbrecher überall, aber es ist nicht schlimm, denn sie ist die Schlimmste!

Sie hat beschlossen, Sancho die Wahrheit zu sagen. Wenn seine Kochkunst nix taugt, dann wird sie es ihm sagen und notfalls eine Pizza bestellen. Das ist ja so ein allgemeines

Übel, dass niemand ehrliches Feedback gibt. Kein Wunder, dass die Dinge aus dem Ruder laufen weltweit. Alles bedarf der ständigen Optimierung und damit auch der Manöverkritik.

Nein, wie will und wird nicht überkritisch sein, hat sich Ria vorgenommen, aber Ehrlichkeit muss sein, denkt sie in ihrem Überschwang.

Und was soll denn passieren? Ihre Waffe ist geladen und notfalls sind da noch Paff und Peng rechts und links an ihren Flanken, denn sie sitzen neben ihr.

Alles unnötig! Alle Bedenken sind unbegründet! Die servierten Enchiladas sind gut gelungen. Sancho hat es gut gemacht.

Okay, Ria ist jetzt nicht die ganz große Expertin in Sachen mexikanische Küche. Sie ist aufgewachsen in Wanne-Eikel. Ihr einziger Kontakt mit Mexiko in ihrer Jugend war Tequila serviert mit Salz und Zitrone auf einer Motorhaube, aber trotzdem: „Das ist voll lecker! Was habt ihr denn alle, seid ihr doof?", kommentiert sie überlaut mit vollem Mund und meint es ernst. Ihr schmecken diese Dinger aus Teig mit dieser Füllung, auch wenn es links und rechts herausquillt. Technisch schwierig. Ria weiß nicht, wie sie die Teigfladen halten soll, in Wanne-Eikel hat ihr das nie jemand erklärt. Also muss sie sich die Sauce von den Fingern ablecken, hilft ja nix. Besser, als dass es ihr die Handgelenke in die Seide hinunterrinnt.

Diese kleine plebistiöse Szene bringt ihr bei den Besuchern Bonuspunkte. Ja, sie ist in Seide. Ja, sie ist eine Frau und hochgefährlich, aber sie macht sich, wenn nötig, die Hände schmutzig. Sie spricht Klartext und ist sich nicht zu fein dafür ihre Finger abzulutschen. Das gefällt. Die Dame fühlt sich nicht wie etwas Besseres. Diese kleine Kleinigkeit, diese Mini-Information wird sich herumsprechen auf den unteren Ebenen der Aztekenhierarchie und ihr den Rücken stärken. Ferne Zukunft ist das, aber dann, dann wird Ria von denen unten anerkannt im entscheidenden Moment. Sie ist keine Marie-Antoinette, wissen sie! Und das nur ... weil sie in Ermangelung einer Serviette die Finger ablutscht. Das als Gringo-Rubia – Blonde-Fremdländerin! Eine, die normalerweise angeblich immer arrogant über allen steht und könnte, denn sie ist verdammte-heiße-scheiße-naturblond. Sie dürfte und trotzdem tut sie es nicht und das beeindruckt.

Sancho ist begeistert ob dieses Kommentars zu seiner Kochkunst und strahlt sein Diastemalächeln hinter der Fastfoodtheke.

Ria hält den Daumen hoch und kaut.

„Mega, mach weiter, ich will noch einen", gibt sie eine neue Bestellung auf über die Tische hinweg.

Dieser Barcelona-Aufenthalt wird doch noch gut, weiß sie jetzt. All die Enttäuschung ist verflogen und endlich passiert einmal wieder etwas in ihrem Leben.

Auch Paff und Peng lassen sich zu einem Kommentar hinreißen. Sie nicken und kauen. Bedeutet: Die Enchiladas sind okay. Paff weiß sogar, wie er die Dinger essen muss, und kleckert nicht. Kein Tropfen der Füllung ist an seinen Fingern.

„Aber die von meiner Mama sind besser", kommentiert er und macht einen weiteren Bissen.

„Als ob dir deine Mama jemals gekocht hätte", witzelt Ria und da zuckt etwas in seinem Gesicht, etwas, was Ria noch nie gesehen hat. Weder an ihm noch woanders. Es ist kein

Blitz, es ist eine Art Flackern, ein Schatten eines Dämons. „Das stimmt, da hast du recht", antwortet er sehr ruhig und sieht Ria sehr, sehr ruhig und sehr unglaublich gefährlich an. Und Ria rettet sich das Leben und küsst ihn auf die Wange unbeschwert. „Und das tut mir unglaublich leid", spricht sie und es ist absolut ehrlich gemeint.

Gefahr vorbei und nichts ist passiert. Der Dämon fliegt weiter und verlässt einfach so schadlos den Raum.

Kapitel XXXXI

Im Großen und Ganzen ist das Fest gelungen. Man hat Informationen ausgetauscht auf die informelle Art, man hat sich besser kennengelernt und – besonders Ria – hatte Spaß. Endlich wieder Leute, endlich wieder aufgekratzt sein auf diese besondere Weise, wenn sie sich mit vielen Menschen unterhalten hat.

„Wie war ich?", fragt sie noch in Euphorie. Sie sitzen im Auto, Ria wie immer auf der Rückbank. Noch sind sie im Industriegebiet, gerade erst haben sie ausgeparkt und da ist ein Rückstau der Autos. Alle wollen vor und zurück und in verschiedene Richtungen und es dauert, bis sich die Situation auf der Straße klärt. Zudem ist es dunkel und hinten und vorne steht Sicherheitspersonal herum und soll nicht umgefahren werden.

Die Antwort auf Rias Frage lässt auf sich warten, denn Peng und Paff brauchen einen Moment für eine abschließende Bewertung des Abends. Genauer Rias Performance.

„Sorry, wenn ich ein wenig drüber war", entschuldigt sich sie sich im Vorhinein. Sie ist mit ihrer Art ein herber Kontrast zu ihren Jungs. Ria ist eindeutig der lebhafte Pol ihres Trios.

„Du machst es anders", spricht Paff. „Ja, ganz anders", stimmt Peng zu.

„Du bist mehr so aktiv, mehr in Bewegung", spricht Paff.

„Eindeutig mehr in Bewegung, ja", ist Peng seiner Meinung.

„Ist das doof? Kommt das nicht gut an?", will sie wissen. Sie kennt sich in der Verbrechergesellschaft ja nicht so gut aus. Vielleicht hätte sie ja grimmig gucken sollen und hin und wieder die Knarre putzen. Vielleicht wäre das ihre Rolle gewesen und sie hat den Abend ohne zu wissen völlig verpatzt.

Noch immer aufgekratzt sitzt sie auf dem Rücksitz, mit roten Wangen. Nur langsam weicht die Aufregung des Abends zurück.

Peng und Paff schweigen. Das kennt sie. Ria kann ihre Arten des Schweigens mittlerweile unterscheiden. Das jetzt ist ein Schweigen der Art: Mach dir keine Gedanken, alles ist richtig, wir lieben dich.

Entspannt lehnt sich Ria zurück hinter dem Beifahrersitz. Das kleine Chaos der Limousinen hat sich aufgelöst und endlich geht es weiter. In einer kleinen Prozession der Gangster gleitet der Wagen langsam durch das dunkle Industriegebiet entlang endloser geparkter Reihen an Autos und Lieferwagen, alle leer und verlassen, denn es ist tiefe Nacht.

Da ist eine Stockung, eine Stauung und sie stehen einen Moment. Ria legt den Kopf an die Seitenscheibe. Angenehm kühl drückt das Glas gegen ihre Stirn. Noch ist sie von dem Abend erhitzt, auch körperlich.

Da ist ein Licht in dem parkenden Auto nebenan. Minimal. Ein Handy, ein bläuliches Display. Schemen, nur Schemen sind zu erkennen. Ria ist mit dem parkenden Wagen auf einer Höhe, schaut genau auf dessen Reihe der Rückbank. Da sind Menschen. Eine Reflexion eines Scheinwerferlichts von weiter hinten erleuchtet das Innere. Wie versteinert sitzen Personen in dem Wagen und Ria runzelt die Stirn.

Merkwürdig sieht das aus. Es wirkt, als seien es Statuen und das in diesem Monochrom-einfarbig, dem Grau-Schwarz der Nacht. Die Statuen spüren Rias Blick und eine wendet seinen Kopf zu ihr.

Ria schließt ihre Lider und öffnet sie wieder. Das Bild ist noch da, es ist keine Illusion, es ist die Realität: „Da sind die Drachen", spricht sie wie vor den Kopf geschlagen und dann geht es los.

Kapitel XXXXII

Am Ende ist es gut ausgegangen. Fünf von Kugeln durchsiebte Asiaten wurden am Stadtrand in einem Wagen aufgefunden. In einem Industriegebiet – interessiert niemanden. Die lokalen Nachrichten berichten davon, doch die Hintergründe sind unbekannt und daher berichten sie nur einmal. Nur, dass Selbstmord ausgeschlossen werden kann, scheint mehr als sicher.

Übrigens, das aber nur als kleine Randnotiz: Es wurden Projektile zweier Kaliber in Blech und Leichen gefunden. Magnum und neun Millimeter, wahrscheinlich abgefeuert aus einer Beretta.

Geschichte, Vergangenheit. Was interessieren die drei Azteken die lokalen Konflikte in irgendeiner Vorstadt von Barcelona? Das war gestern.

Heute: Ria steht unter der Dusche und die Dusche im Hotel hat es in sich! Ein ganz feines Teil. Ein breiter Strahl perfekt simulierten tropischen Regens rieselt auf Ria nieder genau in der richtigen Dosis. Fest genug, dass die Tropfen massieren, warm genug, dass man es stundenlang genießen kann, und zudem riecht es nach dem Duschgel der Duftnote Lavendel.

Das Schöne am Duschen ist ja, dass Wasser auf den Körper pladdert. Das macht etwas mit den Menschen, auch mit Ria.

Duschen macht sauber, aber nicht nur den Körper, Duschen wirkt tiefer.

Der Mechanismus ist die Stimulanz. Das warme Wasser regt an. Dieses warme Gepladder ist für die Haut ein unberechenbares Kitzeln. Es ist wohlig, doch nicht langweilig. Es ist inspirierend, gleichzeitig verwischend.

Der Effekt ist: Der Mensch kann derart stimuliert nicht in langen Kaskaden oder komplexen Gedanken denken. Seine Gedanken werden ständig von den Körperempfindungen unterbrochen. So zerhackt die Psyche Gedanken in kleine Fetzen. So unberechenbar, wie dass Wasser auf die Haut trifft, so unberechenbar treffen die Gedanken auf Neues oder werden zerrissen und formatieren sich neu.

Nüchtern betrachtet ist es so, dass man unter der Dusche genau nicht gut nachdenken kann! Das Denken kann sich nicht in eine bestimmte Richtung verrennen, sondern wird wie an losen Enden immer neu verknüpft, verbindet sich und wird wieder gelöst. Es ist nämlich das „Zu viel" der Gedanken, das die wirklich guten Gedanken verhindert. Denkst du weniger und locker, findet sich mehr.

Beispiel Erfindungen! Viele sehr wichtige Erfindungen wurden unter der Dusche erfunden. Ja, unter der Dusche wurden Ideen der Weltliteratur geboren und Filmmusik komponiert.

Duschen ist also gut für die Psyche. Auch für Ria ist das so. Es reinigt und spült ihre Sorgen weg.

Und Ria hat Sorgen!

So werden mit den Erinnerungen an den gestrigen Abend ihre kleinen Ängste in den Abfluss der Dusche gespült. Der Gastgeber mit seinem Diastema; sein kalter Blick und seine Freude bei ihrem Lob; das Treffen mit ihrem Idol von der Fahndungsliste; der erschrockene Blick der Drachen im

Auto. Das Wechseln der Magazine, als sie gemeinsam Schulter an Schulter auf den geparkten Wagen schossen. Die Verzweiflung und Schreie der Drachen in der Fahrgastzelle. Die blutige Hand an der Scheibe, wie sie erschlaffte; das Erbrochene auf Rias Schuhen, als sie verstand, was sie getan hatte. All diese Eindrücke und noch viel mehr werden in kleine Fragmente zerschlagen und die Ängste verfliegen, die Bedenken werden geringer. „Alles ist gut", ist das Ergebnis und so werden Rias Gedanken gereinigt unter einem Luxusduschkopf.

Ängste hat sie reichlich. Eigentlich. Eigentlich immer im Hintergrund und doch gegenwärtig. Da wäre die Angst, sich vielleicht doch einmal eine Kugel einzufangen. Kann ja passieren. Oder die Angst vor Missverständnissen und bei Paff und Peng aufs falsche Knöpfchen zu drücken.

Liebe und persönliche Verbindung hin oder her, Ria ist nicht naiv. Ihre beiden Kollegen sind zwar keine Zeitbomben, aber mindestens hochexplosive Minen. Ein falscher Schritt, eine falsche Bemerkung über Mama, oder die Farbwahl der Krawatte und ... Ria wäre tot und würde nie erfahren warum.

Ihre größte Angst ist aber die der Entdeckung. Man muss kein Augur sein, um vorherzusagen, dass die Azteken nicht begeistert wären, kämen sie hinter ihren Hauptjob bei der Polizei. Ria ist ja gar keine Killerin. Sie ist eine lebende Drohne, eine Mithörgerät mit aufgeschaltetem Ziel innerer Kreis der Azteken. Das ist ihr Auftrag und das ist ihr Leben.

Und genau deshalb benötigt sie gar nicht selten etwas länger in der Dusche und verbraucht ziemlich viel warmes Wasser. Da steht sie dann vorgebeugt mit der Stirn gegen die Fliesen und wartet, dass es einfacher wird für sie, dass sich ihre Befürchtungen auflösen und vielleicht, vielleicht in den Abfluss gespült werden. Schon zehn Prozent wären schön.

Das Gemeine ist: Es liegt nicht nur an Ria. Sie gibt sich so viel Mühe ihren wahren Auftrag zu verschleiern. Sie tötet Menschen, damit es glaubhaft ist, dass sie zu den Azteken gehört und eine gemeine, blondgelockte Killerin ist. Ja, es macht auch Spaß, aber das wusste sie vorher nicht.

Sie schläft mit ihren Gegnern und tut so, als mache es Freude. Okay, meistens ist der Sex galaktisch, aber das geht ja niemanden etwas an und ist Privatsache. Trotzdem, all das, ihr ganzes Leben ist eine Täuschung, so perfekt und perfide, dass sie selbst nicht selten den Überblick verliert. Es gibt sogar Momente, wo sie sich als Verbrecherin fühlt.

Das Damoklesschwert der Entdeckung hängt unablässig über ihr und hat auch nur einer, irgendjemand bei der Konstruktion ihres Lebenslaufes einen Fehler gemacht, hat sie ein massives Problem. Einmal als Beispiel. Es kann so viel passieren! Nur irgendein Sesselpupser in der Abteilung „Neue Lebensläufe" muss einen schlechten Tag gehabt haben und etwas stimmt nicht in ihrer Biographie und dann .... und dann ... daran wollen wir gar nicht denken, was dann mit Ria passiert. Sie würde geschreddert, geviertelt und danach noch stundenlang bei grellem Licht verhört.

Oder sie verplappert sich im Schlaf. Irgendetwas dieser Art.

Und leider, leider ..., ihr ahnt es schon. Dieser Drahtseilakt kann nicht immer weiter gehen. Irgendwer hat immer einen Fehler gemacht. Irgendwo droht sie, die verborgene Gefahr. Ein Leben ist lang. Ein Lebenslauf ist komplex und das Internet vergisst nie! Fatal bei Unterstützung mit KI. Die findet, wenn jemand sucht. Es erfordert nur nie notwendige Idee, wo der Jemand suchen muss.

Das Absurde ist: Ria selbst hat mit einer kleinen Bemerkung am Rande der Party gestern die Lunte gelegt. So harmlos, so unschuldig und so katastrophal. ...

So steht Ria unter der Dusche und ist eigentlich schon tot, denn in Asuncion geht in diesem Moment in einer Villa vom Format eines Palastes eine E-Mail ein.

Kapitel XXXXIII

Drei Tage Kreta, Ausspannen auf Sizilien – was aber mit einem schwierigen Auftrag kombiniert war, vier Tage London. Entsetzlich ist es in Brüssel, weil langweilig und die Stadt ist nicht spannend und gerne war Ria in Paris.

Dann wieder zurück nach Spanien, diesmal Madrid.

Ria kommt herum gemeinsam sie in ihrem Trio. Die drei folgenden Wochen sind eine Mischung aus Aufträgen und Entspannung. Sie machen es sich gemütlich, wo immer möglich und genießen Luxus und die feinen Hotels.

Obwohl Ria sich nicht sicher ist, ob Luxus für ihre beiden Brüder wirklich einen Unterschied macht. Sie erscheinen immer gleich. Ob sie genießen können, ist ihr nicht klar. In dieser Sache wird sie nicht schlau.

Ja, sicher, Peng und Paff können gelöst sein, ja, sogar einen Abend richtig entspannt und mit Sekt vermischtem Bitzelwasser wirklich lustig sein. Aber die Umgebung ist es nicht, die das mit ihnen macht. Es sind die Aufträge. Sie leben für ihren Beruf. Wie zwei verzweifelte Brüder – die keine echten Brüder sind – klammern sich Rias Brüder aneinander und bemühen sich um Synchronität und eine klare Linie und die heißt immer und geradeaus für die Azteken, für das Kartell. Sie sind perfekte Werkzeuge, perfekte Waffen. Ja, Ria ist sich sicher, nicht einmal ein Killerroboter nähme mehr Urlaub als sie. Sie brauchen keine Entspannung, nicht wirklich. Ihre Brüder sind keine

Menschen. Oft sieht es so aus, wenn sie mit ihnen scherzt. Wenn sie Sex mit ihnen hat oder dumme Sachen macht, ja, dann scheinen sie wie menschliche Wesen zu sein. Aber einen großen Teil der Zeit sind die beiden einfach das, was sie am besten können: Psychopathen in den Diensten der Azteken. Ihnen fehlt jedes Fragment eines Gewissens, gänzlich das Mitleid. Es gibt Komponenten menschlichen Verhaltens, die können sie nicht nachvollziehen. Oft sehen sie nicht ein, dass der kürzeste Weg, nicht der beste ist und der kürzeste Weg ist meist der der Gewalt.

Sie haben keine Empathie, null! Nicht vorhanden. Ja, sie können sie simulieren. Sie gehen davon aus, dass andere nach Emotionen, wie Schmerz, Angst oder Noch-mehr-Angst funktionieren. Das nutzen sie aus, doch sie fühlen es nicht. Ria hat Wochen gebraucht, immer wieder gehofft und nach Anzeichen für Empathie gesucht bei ihnen, was sie aber findet, ist Berechnung und rohe Funktion.

Trotzdem sind sie nett zu ihr. Da kann Ria nicht meckern. Sie haben eine schöne Zeit, keine Frage. Und auch haben sie sich verändert. Rias Anwesenheit macht etwas mit ihnen. So haben sie irgendwo tief in der Ursuppe ihrer Psyche Ansätze für Humor gefunden. Ja, dann und wann können sie witzig sein. Meistens ist es sehr überraschend und Ria fällt vor Lachen aus dem Bett.

Es ist schön mit ihren Brüdern, ihren feinen Anzügen aus Seide und alles in edel und all ihren Spleens. Aber sie sind keine Menschen. Nicht im üblichen Sinn.

Und Ria ist so anders. Sie simuliert nur, drückt ihre Ängste, ihre Bedenken, ihre Moral und all diesen hinderlichen Kram in eine dunkle Kammer ihrer Psyche und wirft den Schlüssel weg. Bildlich gesprochen. Und das jeden Tag neu.

Die Psyche ist flexibel und passt sich an, denn da ist dieses klitzekleine Detail, ihre Leitlinie, ihr Maßstab der allem als

Rechtfertigung dient: Ria will überleben, wenn es irgendwie möglich ist.

Auf dem Weg von Paris nach Madrid geht ihr Gepäck verloren. Sehr ärgerlich ist das, stehen die drei nun ohne Sachen da. Operativ ist es kein Problem, was aber fehlt, sind die Kleidung und all diese Utensilien, die in kleinen Tüten in ihren Koffern liegen. Bürste, Föhn, Schminke, Ladegeräte, Tagebücher, Vibrator. Nein, Tagebuch nicht – wie gesagt. Es wäre mehr als dumm, als Killer ein Tagebuch zu führen.

Einen halben Tag verschwenden sie mit lästigen Besorgungen. Sie decken sich neu mit dem Nötigsten ein und klappern Geschäfte ab.

Am Ende müssen sie ihren Auftrag verschieben auf den kommenden Tag. Sie schieben ihn vor sich her und Ria kommt es so vor, als käme das ihren Brüdern gelegen. Diesmal scheint es nichts auszumachen, ob sie es heute erledigen oder morgen. Das gab es noch nie. Ihr ist - und das ist ein befremdliches Gefühl –, als schöben ihre Brüder den Job absichtlich vor sich her.

Das ist neu. Vielleicht täuscht das Gefühl, aber auf eine minimale, kaum zu bemerkende Art schweigen die beiden anders.

Eine feine Nacht im Hotel, mit schönem Spiel zu dritt und sehr wenig Schlaf und am folgenden Tag braucht Ria eine Sonnenbrille, denn sie ist nicht ausgeschlafen und hat Ringe unter den Augen.

Ihr Kleidchen ist schön leicht, die Römersandalen tot-chic und die Beretta liegt schmeichelnd an ihrem Körper. Drei Kaffee hatte sie, der Tag kann beginnen.

„Was steht an?", fragt Ria. Sie sitzen im Auto in Madrids Innenstadtverkehr und das ist nicht lustig. Ewig dauert das und die Klimaanlage rauscht. Blechlawine. Autos glänzen vor und hinter ihnen in der Morgensonne.

„Wir müssen nach draußen, Industriegebiet", erwidert Paff. „Ja, Industriegebiet", ergänzt Peng sinnlos und Ria weiß Bescheid.

Beinahe immer, nicht immer, läuft es so. Die Aufträge bekommen die beiden zugestellt und Ria fragt: „Was steht an?"

Geht es wie heute in das Industriegebiet, irgendeine Vorstadt oder ein Wohngebiet, sind es in der Regel Interna, innere Angelegenheiten der Azteken oder ihrer Zuarbeiter. Innere Probleme.

Ist das Zielgebiet im öffentlichen Raum, weit draußen vor der Stadt oder in Villen und noblen Hotels, dann geht es um Kundenkontakt.

Heute also Inneres. Ria muss nur warten. Es lohnt kein Drängen oder Bohren. Die Erklärung folgt mit einigem Abstand.

Und richtig: „Wir haben Maulwürfe", erklärt Paff und Ria schaut aus dem Seitenfenster, schiebt einmal ihre Sonnenbrille zurecht. Maulwürfe kommen immer einmal vor. Maulwurf bedeutet, Spione anderer Kartelle haben sich eingenistet in die Struktur der Azteken. Unangenehm ist das und unangenehm zu lösen. Es dauert immer und da wird gelitten und gefleht. Besonders den armen Delinquenten gerät die Zeit unter der Folter immer unangenehm lang.

„Von wem?", fragt Ria und meint „von welchem Kartell". Es stehen so einige zur Disposition, besonders die einen, die Drachen.

„Von der Polizei", bekommt sie die Antwort. „Ja, von der Polizei", doppelt Peng vom Beifahrersitz.

„Das hatten wir ja noch nie", merkt Ria auf und schaut nach vorne zu den Glatzköpfen ihrer Brüder.

„Ist selten", nickt Paff und Peng doppelt nicht. Es schwebt in der Luft, ein Faden, ein Gedanke und Ria fröstelt und es ist nicht das zu dünne Kleid.

Ein Maulwurf von der Polizei. Das klingt nicht gut. Bei der Polizei war sie auch einmal angestellt. Das Thema ist nicht schön.

„Wir haben zwei", spricht Paff. „Ja, zwei", wiederholt Peng und in Ria krampft etwas. Es ist ein feines Gefühl, zieht sich von den Schuhsohlen hinauf bis in die Brust. Wenn sie sie lebend haben, die zwei Polizisten, wird es hässlich. Ria hat das noch nie erlebt, noch nie gesehen, nie sehen müssen, Gott sei Dank.

Rias Puls zieht an.

„Eine Amerikanerin und einen Deutschen", spricht Paff und Rias Gedanken rasen. Sofort setzt es ein. Ein Deutscher! Ein Kollege. Mit aller Gewalt, mit allem, was sie hat, bleibt sie lässig auf ihrem Rücksitz.

„Was ist mit ihnen?", fragt sie. „Wir haben sie", antwortet Paff und Peng wiederholt und Ria weiß nichts.

„Undercover. Haben sich eingenistet", spricht Paff und Ria weiß, das wird kein normaler Tag. Das wird hart. Sie wird alle schauspielerischen Talente brauchen.

Sie haben Kollegen einen Kollegen von ihr gefasst. Und sie ... Ria, soll da jetzt hin!

„Was sollen wir da?", fragt Ria, was keine ungewöhnliche Frage ist. Nur diesmal drückt es ihr sehr unschön im Hals. „Theo ist allein mit ihnen. Nur ein Cleaner noch", erklärt

Paff den Job und Ria versteht. Nur ein Theo und ein Cleaner ist nicht genug Personal.

Der Stau löst sich auf, es geht weiter und Ria drückt alles nieder, was in ihr tobt an Sturm. Da ist sie, die größte aller Ängste! Enttarnung!

Dieses ewige Damoklesschwert! Immer ist es da, jeden Tag, jede Stunde, jede Minute. Sie darf keinen Fehler machen, ja nicht einmal sprechen im Schlaf!

Das Gemeine einer Undercoveraktion ist: Es liegt nicht nur an ihr, an dem Agenten selbst. Es liegt nicht nur in Rias Händen. Sie zum Beispiel gibt sich so viel Mühe ihren wahren Auftrag zu verschleiern. Sie tötet Menschen, damit glaubhaft wird, dass sie zu den Azteken gehört und eine gemeine, blondgelockte Killerin ist. Ja, es macht auch Spaß, aber nur auch. Das wusste sie vorher nicht.

Sie schläft mit ihren Gegnern und tut so, als mache es Freude. Okay, meistens ist der Sex galaktisch und macht natürlich Spaß, doch das geht ja niemanden etwas an und ist Privatsache.

Ihr ganzes Leben ist eine Täuschung, so perfekt und perfide, dass Ria selbst nicht selten den Überblick verliert. Es gibt sogar Momente, wo sie sich als Verbrecherin fühlt.

Und jetzt das: Jemand wurde enttarnt. Vielleicht. Die Tarnung ist aufgeflogen. Vielleicht. Weil sich oder irgendjemand sie verraten hat, und das ist die größte Gefahr. Davor hat Ria Angst, es ist das blanke Grauen.

So, wie es wahrscheinlich gerade den Kollegen widerfährt. Ria hat das noch nie gesehen, war noch nie dabei, aber sie hat davon gehört, wie die Azteken mit Maulwürfen verfahren. Schon nur bei diesem Wenigen wurde ihr schlecht.

Dementsprechend ist sie unruhig auf ihrem Sitz und darf es nicht sein. Sie schließt ihre Augen hinter der Sonnenbrille und hofft, dass weder Paff noch Peng es sehen. Ja, heute braucht sie Kraft.

Kapitel XXXXIV

Im Vorraum liegt eine Leiche. Eine Frau ist dick eingewickelt in transparente Folie, liegt als Paket auf der Erde und das Transparente ist blutverschmiert. Blonde Haare, das gleiche Blond wie Ria. Viel ist von ihr nicht zu erkennen. Sie liegt einfach da im beinahe leeren Raum auf dem kahlen Beton.

Ein Kellerraum. Eine ehemalige Molkerei ist es, wenn Ria richtig verstanden hat. Sie kennt spanische Wort für Molkerei nicht.

Dicke Wände, viele Mauern, niemand kann sie von hier hören und alles ist verlassen in diesem Industriegebiet.

So ein „Paket" hat Ria schon gesehen. Es ist bei weitem, nein nun wirklich nicht ihre erste Leiche in Folie, aber sie taumelt einen Moment. Diesmal ist es anders. Das muss die Amerikanerin sein, wabert in ihr und kaum vermag sie ihren beiden Brüdern hinterher.

Schwere Stahltüre, sehr schwer und aus Guss. Sie knarrt in den Angeln. Dumpfe Geräusche dröhnen, die Sohlen kratzen auf dem Boden. Grüne Farbe blättert ab vom Stahl der Türe und dann ist da ein Werkraum, Licht von der Decke, kahle Wände aus Beton wie im schlechten Film und Ria kotzt.

Kaum hat sie den Raum betreten, kotzt sie direkt vor ihre Füße. Es war sofort da, ein Impuls, kein Widerstand möglich, keine Chance. Das Bild, das sich ihr bietet, ist zu widerlich.

Ein Mann ist mit dem Rücken vor eine Werkbank gespannt, hängt mehr, als dass er steht in einer Mischung vieler Flüssigkeiten. Alles hat er abgelassen unter seiner Kleidung und wie zur Garnitur ist überall Blut.

Seine rechte Hand ist in einen Schraubstock gespannt und bis zur Unkenntlichkeit zerquollen und Blut und Knochensplitter tropfen. Sein linkes Fußgelenk ist gefesselt am Bein der Werkbank. So kann er weder hin noch her noch mit der freien Hand die Eingespannte erreichen.

Mit seiner Hand? Nein, seine Hand ist nicht mehr. Sie ist Brei. Auch die freie Hand ist in Fetzen und hoffnungslos zu einem Lappen zerdrückt, hängt in Streifen, locker und mit Knochensplittern. Sie war wohl als erste an der Reihe.

Kein Laut kommt von dem armen Mann, doch er wankt, da zuckt etwas in diesem Körper, ein letzter Rest. Ein Sack ist über seinem Kopf, er schaukelt unmerklich in seiner Lage, muss mit Schmerzen selbst im Koma sein. Jeanshemd. Ria hat Jeanshemd erkannt. Es muss Jeans gewesen sein, bevor das ganze Blut eingetrocknet ist.

Und Ria kotzt. Es ist ein zweiter Schwall. Sie steht mitten im Raum, vorgebeugt und taumelt und reiert ihr Frühstück auf den Boden aus Beton.

„Mit Folter kann sie nicht", erklärt Paff. „Nein, mit Folter kann sie nicht", wiederholt Peng. Neben der Werkbank steht ein Mann mit Schürze, schwarzem Hemd und ist sehr blass. Nickelbrille, unrasiert, aber nicht unfreundlich schaut er auf Ria, die um Atem ringt.

Am Rand, in einer Nische steht ein anderer Mann, hat sich einen Overall, einen Schutzanzug über seine Sachen gezogen, ihn aber jetzt – wie für die Pause auf die Hüfte geknotet. Der Cleaner. Er wird alles reinigen danach. Er sitzt auf einem Hocker, hat wohl in einer Zeitung gelesen und schaut kurz auf und zu ihnen zu der Szene.

„Ist aber auch wirklich nicht schön", spricht Paff und entschuldigt damit ein wenig die Unpässlichkeit seiner Teamkollegin.

Nein, es ist nicht schön, was da an Rest an Mensch vor der Werkbank hängt.

„Oh Gott, sorry", seufzt Ria, hat sich jetzt wieder etwas gefangen und schaut sich verzweifelt mit Tränen in den Augen um und nur nicht da hin! Nicht zur Werkbank, auf keinen Fall, auch wenn sie in der Mitte des Raumes steht. „Tut mir leid", haucht sie und steht vor ihrem Erbrochenen.

„Schon okay", spricht Theo gar nicht unfreundlich. Ja er lächelt sogar. Er muss der Foltermeister sein.

„Was haben wir?", fragt Paff und stellt sich gemeinsam mit Peng vor das Opfer.

„Undercover, er hatte auch einen Tracker. Habe alles schon durchgegeben", spricht Theo sehr locker.

Ria wagt es und schaut hin. Der arme Mann muss über viele Stunden gefoltert worden sein. Zuerst die eine, dann die andere Hand im Schraubstock und das so mit dem anderen Fuß vor der Werkbank, weder sitzend noch stehend. Umhergeschlagen hat er in seinem Wahn mit dem, was jetzt Lappen sind und seine Hand einst war.

Seine Hände sind Brei, keine Struktur ist mehr erkennbar nur rote, blutende Lappen aus Fleisch, Knochen und blutendem Brei.

Ria weiß das. Ria weiß, dass das die Methode der Azteken ist. Bist du einmal im Schraubstock, ist es aus. Es gibt kein Zurück. Es gibt kein Entkommen. Das einzige

Entkommen ist, ist es irgendwann vorbei. Dieser Mann, dieser da, in diesem Jeanshemd, wenn es denn Jeanshemd war, hat es beinahe geschafft. Noch lebt er, da zuckt noch etwas. Eingespannt, halb hängend und auch im Schraubstock fixiert fällt er nur nicht herab.

Ria taumelt. Es ist zu viel, zu viel für sie. Eigentlich zu viel, aber irgendwie, irgendwie hält sie sich aufrecht und tritt nicht in ihr Erbrochenes mit den neuen Römersandalen. Ein Kunststück.

Die Werkbank ist leer und steht mitten im Raum. Das Holz ist abgenutzt und nichts liegt darauf. Nur ist da Blut vermischt, verschoben verstrichen wahrscheinlich mit Händen, die keine Hände mehr waren.

Der Frau, der Blonden, aus dem Vorraum, die in der Folie muss es ähnlich ergangen sein, auch wenn bei Frauen noch Hässlicheres denkbar ist. Aber sie ... wahrscheinlich die Amerikanerin ... hat es geschafft. Sie spürt nichts mehr.

Und dann ist da die eine Frage in Ria, sie ist da und ersteht: „Was sollen wir hier?",

„Kennst du ihn?", wird sie gefragt und Theo hat den Sack von dem Gesicht des Opfers gezogen, hält den Kopf in den Haaren gepackt. Er ist bewusstlos und seine Zunge hängt hässlich aus seinem Mund. Alles ist hässlich daran. Schwarzes Haar, verquollenes Gesicht, verbeult und lädiert und rote Flecken und verschmiertes Blut überall.

Ria steht auf der Stelle und taumelt. Natürlich kennt sie ihn nicht. „Natürlich nicht, woher denn?" Rauscht in ihr und eine Instanz in ihr erkennt ihn und alles zieht sich zusammen. Ja, sie kennt ihn!

Sie spürt die Blicke. Peng und Paff schauen sie an. Und dieser Theo. Sie schauen zu ihr und ihr wird klar ... es geht um sie!

„Hat sie eine Waffe?", fragt Theo. „Ja, sie hat eine Waffe", spricht Paff. „Ja, sie hat eine Waffe", hört sie ihren Bruder und alles vor ihren Augen verschwimmt.

„Jungs, was ...", beginnt sie und kann es nicht glauben und hat es doch schon begriffen. Theo steht vor ihr, mit geöffneter Hand. Wie automatisch reicht Ria ihm ihre Beretta.

„Es ist eine Nuller", warnt Paff. „Ja, es ist eine Nuller", warnt Peng. „Oh, verdammt", flucht Theo, macht die schnellen drei Schritte und legt schnell, die Beretta auf die Werkbank, als sei der Stahl heiß oder giftig. Beinahe entschuldigend schaut er zu Ria hin.

Eine Waffe mit Nullen als Seriennummer! Sie anzufassen ist gefährlich, selbst hier.

„Jungs, Jungs ...", beginnt Ria und macht eine Bewegung mit ihren Händen, wedelt, als sei es spastisch. Im Hintergrund hinter Peng und Paff hängt der Unglückliche, er kippt langsam vorwärts.

„Vorsicht", warnt Ria und Paff versteht, weicht einen Schritt aus in seinem grauen Anzug aus Seide und gerade rechtzeitig noch. Die Hand des Opfers ist zerrissen und so ist er endlich frei und auf den Boden gekippt. Da ist ein minimales Stöhnen, ein Atmen ein Grunzen, mehr nicht. So liegt er besser, so ist gut und langsam bluten seine Hände aus.

Die Szene war eine Unterbrechung, die widerwärtigste, die Ria sich denken kann, und sie steht vor ihnen in ihrem dünnen Kleidchen und schwankt vor und zurück und weiß, sie haben sie.

„Jungs ...", beginnt sie ein drittes Mal. „Wir haben da so einen Hinweis", beginnt Theo und lächelt nicht. Es ist ihm unangenehm. Ja, Ria glaubt es ihm sogar. Lieber würde er nicht ... Sie täuscht sich gewaltig, denn er ist ein Monster.

„Egal, was es ist, es stimmt nicht", spricht Ria müde. Ihr ist mehr als schlecht. Mit äußerster Kraft kann sie sich aufrecht halten, schaut zwischen ihren Brüdern hin und her, doch die schauen sie nur an mit ihrem leeren Blick, dem Blick, den sie so gut kennt. Und jetzt gilt er ihr.

„Bitte ich ... was denn für einen Hinweis?", fragt sie in Richtung Theo. Der antwortet nicht und sie weiß, dass es ihr Job ist die Antwort zu wissen und die Frage dazu. Beides – was nicht möglich ist.

Doch sie weiß es, es ist eine Ahnung und ihre Lunge ist wie blockiert. Das Atmen fällt Ria unglaublich schwer.

Plötzlich ist da dieses Foto. Ein Foto, das Theo Peng reicht und dann weiter an Paff. Ungerührt, ohne jede Emotion wechselt es zwei Mal hin und her.

Ria weiß es. Sie weiß was der Fehler war. Es könnte da Fotos geben ... Und ja, sie weiß, wer da auf dem Boden hinter Paff liegt, auch wenn sie seinen Namen nicht mehr erinnert. Er war dabei, damals auf diesem Lehrgang.

Alle Blicke liegen auf ihr und Ria fasst ein wenig Kraft, schiebt Haar aus ihrem Gesicht. „Jungs, was immer ihr da ... an Hinweisen habt. Zeig her. Es ist Unsinn", spricht sie und ihr rast neuer Mut. Sie muss sie davon überzeugen, dass es ein Missverständnis ist. Muss es! Muss es einfach sein! Dabei weiß sie, dass es keines ist. Ihr muss jetzt etwas einfallen unbedingt.

Drei Augenpaare sehen sie an und Theo, scheint wirklich interessiert an einer Antwort zu sein. Zwar ist er

Foltermeister, doch scheint er nicht stur oder ohne Empathie, im Gegenteil, steht höflich – nur sehr blass – und will es leicht für sie. Er möchte, dass der Verdacht unbegründet ist. Ria ist sich sicher. So ist er nicht, ganz sicher nicht, weiß sie, und weiß, dass es ein Gedanke geboren aus purer Verzweiflung ist.

„Marco, Corto bitte … ich bin keine Polizistin und das wisst ihr", spricht sie, aber selbst in ihren Ohren klingt es falsch. Plötzlich gelingt ihr das Lügen nicht mehr. Unerbittlich sind die Blicke und Ria zerreißt es das Herz. Es ist so schlimm, so schlimm, dass die Blicke ihrer Freunde die unerbittlichen sind und die des Folterknechtes so warm. So widerlich ist das und noch widerlicher ist: Das Opfer am Boden hat sich bewegt.

„Verdammt, könnt ihr ihn nicht töten?", kreischt Ria plötzlich aus vollem Hals, denn sie hält es nicht aus, dass er dort liegt und noch immer lebt bei all dem Schmerz.

Diesen Vorschlag greifen die Brüder auf. Es ist schnell vorbei und er weggezogen und Ria ist wieder an der Reihe.

„Jungs bitte. Was muss ich tun? Wie soll ich es beweisen?", fragt sie und weiß, dass man nicht beweisen kann, dass man etwas nicht ist. Unmöglich ist das. Dies ist die alte Zwickmühle der Inquisition.

„Das wäre ein Ding was?", fragt Theo jetzt beinahe erheitert in Richtung ihrer Brüder. Paff blinzelt einmal und macht etwas Verstörendes, etwas, was Ria nicht oft an ihm gesehen hat. Er macht eine Grimasse, eine Bewegung im Gesicht, als sei da ein Gefühl, eine Irritation. Auch sind seine Augenbrauen zusammengezogen.

„Ich traue es ihr zu", spricht er. „Ja, die Raffinesse hätte sie", springt Peng ihm bei und Rias Herz fällt. Ihre Brüder trauen es ihr zu. Und sie kann ihnen nicht einmal böse sein, denn sie haben ja recht.

„Jungs ... Jungs ...", beginnt sie von neuem und die Angst steigt in ihr auf, höher, immer höher bis in den Himmel.

„Es gäbe eine Möglichkeit", spricht Theo, steht jetzt, hat den Handschuh von seiner Hand gezogen und tippt auf seine Lippen mit seinem Zeigefinger.

Interessiert schauen Peng und Paff zu ihm hin. „Sie hat einen Tracker. Alle haben einen Tracker", spricht er und Ria weiß, dass sie erledigt ist.

Sie fangen an den Füßen an. Ein Scanner. Ein kleines Handgerät, dass die Signale der Mikrochips aufspürt oder selbst Signale ausstößt, auf die der Mikrochip unter der Haut dann programmgemäß antwortet.

Langsam lässt Theo das Gerät an ihrem Bein hinaufgleiten und Ria weiß nicht, was sie tun soll. Sie kann nicht fliehen; sie kann sich nicht wehren; sie kann nicht schreien; sie kann nicht flehen, nichts macht Sinn. Gleich ist es vorbei.

„Da ist es nicht, das hätten wir gefunden", macht Paff einen Witz. „Ja, da hätten wir es gefunden", doppelt Peng und Theo lacht. Ria lacht nicht und ihr Herz steht.

Jetzt! Jetzt machen sie einen Witz! Ausgerechnet jetzt, wo der Scanner vor ihrem Schoß geführt wird und sie ins Grab gleitet. Jetzt können sie witzig sein! Es ist gewaltig und da: Sie hasst ihre Brüder. Ab jetzt hasst sie sie! Alles an ihnen! Sie hasst sie so sehr und sie hat sie dort unten hineingelassen, und auch das widert sie an.

„Da auch", macht Paff weiter, denn ihr Hintern wird abgescanned und Ria ist verzweifelt vor Wut und

Hilflosigkeit. Der Scanner gleitet weiter und Ria schluckt hart. Was jetzt kommt, wird mies. Das wird hässlich.

Ihr Blick springt zu Paff und Peng. „Gebt mir meine Pistole, nur ein Schuss", bittet sie und schluckt hart. „Lasst einfach die Patrone im Lauf. Eine reicht", spricht sie und alle schauen sie an. „Bitte ... Marco ... Corto ... bitte. Gib sie mir", fleht sie, denn sie liegt für sie unerreichbar zwei Meter entfernt auf der Werkbank. Alle schweigen blicken zu ihr. „Bitte ... erspart mir den Schraubstock. Bitte", haucht sie, legt ihre Hände vor ihr Gesicht und weint. Sie kann nicht mehr, sie fühlt es kommen. Es schüttelt sie.

Theo nimmt die Arbeit mit dem Scanner wieder auf, führt ihn über ihren Körper. „Bitte ... bitte ... bitte", flennt sie und bekommt keinen Satz formuliert, taumelt vor und zurück, muss sich sogar an Theo abstützen einen Moment, damit sie nicht kippt. So schaut sie in die Gesichter ihrer Brüder, als der Scanner über ihre rechte Schulter gleitet und das Schlüsselbein und ... nichts. Der Scanner schlägt nicht aus. Hätte er aber müssen. Dort unten, dort tief unter der Haut und ersten Muskelschicht ist die kleine, feine Elektronik mit dem Mikrofon versteckt, tief in ihr. Aber nichts!

Der Scanner wird weitergeführt, über ihren oberen Rücken, ihren Hals, ihren Haaransatz und Ria versteht es nicht.

Sie blinzelt. Er muss inaktiv sein. Er ist nicht an! Er ist nicht an, rast der Gedanke in ihr, wird immer größer und dann versteht sie: Das verlorene Gepäck! Das fehlende Ladegerät, die Übernachtung gestern! Über vierzig Stunden ohne Strom, das Gerät in ihrer Schulter ist leer und sendet nicht. Ihr Chip ist ein aktiver und sendet nicht! Ohne Strom reagiert er nicht! Ihre Erleichterung ist so groß, sie kann nicht einmal erleichtert sein und Ria weiß, es ist noch nicht vorbei. Die Gefahr ist nicht vorüber.

Theo ist mit seiner Untersuchung fertig, schaltet seinen Scanner ab und schaut zu Peng und Paff. „Und jetzt? Sie hat nichts", berichtet er und irrt. Es fehlt nur an Strom und an Ladung.

Ria schöpft Hoffnung, Peng und Paff wechseln einen Blick.

„Jungs ich bin keine Polizistin, seid nicht bescheuert", haucht Ria müde und verzweifelt. Ihr Herz pumpt träge ihr Blut. Paff kratzt sich am Kopf, Peng streicht über seinen rasierten Schädel.

„Ich meine, wir können sie befragen, aber wenn ihr mich fragt … das ist so eine Sache und unschön ist es auch. Viel Blut, viel Schmerz, wenig Erkenntnis", hört Ria in einem Sumpf aus Angst stehend ihren potentiellen Foltermeister. Er ist es, der Partei für sie ergreift.

Paff hat wieder das Foto aufgegriffen, betrachtet es und reicht es an Peng weiter.

„Und danach ist sie kaputt. Danach könnt ihr sie nicht mehr gebrauchen", erklärt Theo, ist ihr Anwalt und Paff kaut auf seiner Spucke, wechselt einen Blick mit Peng.

Ria steht in ihrem kleinen Kleidchen und Römersandalen und wartet ab, ob sie kaputt gemacht werden wird oder nicht. Werden sie nicht! Werden sie nicht tun! Sie ist doch ihre … ihre … sie gehört doch dazu! Sie ist doch ihre Ria!", denkt sie wie von Sinnen und kann es nicht fassen und hat es immer gewusst: Es kann sich gegen sie wenden in jedem Moment, zu jeder Zeit. Ein Verdacht genügt, denn Paff und Peng kennen kein Gefühl.

Paff schüttelt den Kopf. „Zu riskant", spricht er. „Ja, zu riskant", wiederholt Peng und Ria hat es zunächst nicht verstanden, dann aber doch.

Ja, Ria hat noch versucht, sich zu wehren. Einen Satz hat sie gemacht, hin zu ihrer geliebten Beretta auf dem Tisch, aber es war bereits zu spät. Einen gewaltigen Schlag hat sie gespürt. Wahrscheinlich Paff, vielleicht auch Peng hat sie so sehr getroffen, dass sie in der Luft herumgewirbelt ist und auf den Boden klatschte.

Völlig benommen und verstört hat sie Sekunden später realisiert, wo und wie sie war, denn der Schmerz setzte ein an ihrer linken Hand. Ihr rechtes Fußgelenk wurde in Windeseile an das weit entfernt Werkbankbein gefesselt und so hängt sie an der blutverschmierten Werkbank wie das arme Opfer vor ihr nur seitenverkehrt. Für sie ist die Bank vor ihr, Peng und Paff im Rücken und vor ihr, knapp außerhalb ihrer Reichweite liegt ihre Beretta.

Der Schmerz ist infernalisch und Ria schüttelt sich, was es noch schlimmer macht. Jede Bewegung überträgt sich auf die in den Schraubstock eingepresste Hand.

Theo hat an ihm gedreht und dreht wieder und Ria sieht Sterne, schnellt vor und zurück, reißt an ihren Gelenken. Sie versucht den Schraubstock mit der freien Hand zu erreichen, aber vergeblich. Sie schlägt mit dem Oberkörper nach vorne auf die Werkbank, will dem Schmerz von links ausweichen, reißt an ihrem Handgelenk und schreit wie noch nie in ihrem Leben. Es ist ein markerschütterndes Gefühl und ihre Knochen zerbrechen unter dem Stahl. Sie hat es gehört und es ist erst der Anfang! Für einen kurzen Moment lässt der Schmerz nach, wird dann aber viel schlimmer, sie hechelt und Urin rinnt ihre Beine herab. Dann hält sie still und inne. Wenn sie sich nicht bewegt, wird es immerhin nicht schlimmer. Keine Minute war es, mehr war es nicht und Ria ist nass geschwitzt und ihr ist, als ob der Himmel auf sie einstürze.

Das kann sie nicht! Folter kann sie nicht. Alles taumelt in ihr, dabei haben sie noch gar nicht angefangen, haben sie nur fixiert.

Sie weiß Paff und Peng hinter sich. Und Theo natürlich am Schraubstock und in diesem Moment kommt sie heran, die Verzweiflung, dunkel, düster und gewaltig.

„Einen Moment, jetzt kommt ihre Verzweiflung", gibt Theo prompt einen Hinweis an Peng und Paff und es stimmt. Sie weiß, es ist vorbei. Sie ist tot. Nein, leider noch nicht. Jetzt geht es nur noch darum, es abzukürzen, nur weiß sie nicht wie.

„Jetzt wollen sie es nur noch abkürzen und wissen nicht wie", spricht Theo ihre Gefühle aus und ihr Herz sinkt, wie ihr Körper erschlafft.

Aber nur eine Sekunde, denn diese Bewegung hat bereits ausgereicht und infernalisch reißt der Schmerz ihrer Hand an ihr.

„Jungs, Jungs, Jungs bitte ...", wimmert Ria, versucht, über ihre Schulter zu schauen, ohne die Hand im Schraubstock zu bewegen. Sie will Paff und Peng sehen, ihnen in die Augen schauen. „Bitte ... bitte ... ich bins", wimmert sie und weint Rotz und Wasser aber jetzt nicht aus Schmerz, sondern aus Enttäuschung.

Ein Moment der Stille ist. Es ist Theos perverser Plan. Er weiß genau, was er tut. Er weiß, was in seinen Opfern vorgeht, wie die Mechanik ist, die Strategie den Schmerzen zu entkommen, diese höllische Choreographie.

Es gibt lange Wege und kurze Wege und Ria nimmt den kurzen und es fällt ihr gar nicht schwer.

„Ja, ich bin von der Polizei", spricht sie über die Werkbank. Sie erwartet etwas, eine Reaktion von hinten, aber nichts. Eine neue Welle des Schmerzes erreicht sie aus ihrer Hand und sie schüttelt sich neu, was wieder Schmerz erzeugt. Es ist ein kleiner Kreislauf, ein Hin und Her zwischen Schmerz und Schmerzvermeidung und Ria erbricht zwischendurch einmal einen kleinen Rest und kleckert auf die Werkbank vor ihr. Dann stabilisiert sich die Situation, und der Schmerz ist unaushaltbar eigentlich, aber stabil.

„Bitte bitte ... ich ... ich bin eingeschleust worden", atmet sie erschöpft in die Stille. „Sie haben mich eingeschleust ...", sie will weitersprechen, aber eine neue Welle des Schmerzes bricht über ihr zusammen und das Spiel beginnt von neuem. Ihr Körper weicht aus, aber es macht alles schlimmer und Theo dreht ein wenig am Schraubstock und Ria spratzt der Kot aus dem Darm.

Der Schmerz ist zu groß, sie implodiert und explodiert gleichzeitig und der Schmerz ist nur links, was es besonders hässlich macht auf eine Art, die sie nicht versteht und nicht verstehen will.

Noch immer wird geschwiegen. Ria hechelt, kämpft gegen die Anstrengung, gegen die Ohnmacht, für ihre Stimme. Sie ist ein Bündel Elend, eingespannt und schwitzt um ihr Leben. Und ihre Waffe liegt nur einen Meter entfernt.

„Bitte ... diese Freddy, die ist gar nicht tot. Die Drachen haben sie nicht getötet. Sie lebt, das war nur Schminke und Theater", presst sie heraus. Eine neue Schmerzwelle setzt an, setzt dann aber nicht ein und bleibt aus. Ria beeilt sich. „Wir ... wir haben ... schon das im Krankenhaus, mit dem Patienten Zimmer 504, das war inszeniert ...", spricht sie schnell, wimmert und sabbert und hat so erbärmliche Angst vor der nächsten Welle.

Sie macht einen Fehler und schaut auf den Schraubstock, auf ihre Hand und schaut ganz schnell wieder weg. Ihre Hand war einmal. Was sie gesehen hat, war nicht schön und soll ihr nicht gehören. Das soll ab.

„Bitte, bitte ... bitte ...", flennt sie und eine neue Welle setzt ein. Zwei Minuten Tortur und weder Theo noch die anderen müssen etwas tun. Sie erzeugt ihren Schmerz selbst, da ihre Reflexe die Lage verändern, an der Werkbank immer vor und zurück schnellt, was dann wieder in neuen Schmerz mündet.

Ria weiß es. Sie wird enden genau wie der zuvor, der in dem Jeanshemd nur ohne Jeanshemd. Sie wird in der gleichen Folie verpackt sein wie die blonde Amerikanerin, mit fast gleichen Locken und Ria sehnt sich danach. Sie will in dieser Folie liegen und nichts mehr spüren, denn der Schmerz ist ein Inferno.

Etwas hat sich verändert. Peng und Paff treten um die Werkbank, stehen jetzt vor ihr und schauen Ria an mit leicht gekippten Köpfen und ihre Glatzen glänzen im künstlichen Licht. Entspannt stehen sie da in ihren Anzügen, er in Grau, er in Beige und schauen zu Ria hin ohne Ausdruck. Doch Ria erkennt dieses Schweigen. Es bedeutet Interesse. Sie sind wirklich interessiert.

Sie sabbert, fährt wie irre mit ihrer freien Hand über den Tisch, ohne den Körper zu bewegen, bloß nicht! Sie zeichnet die Spuren nach, die ihre Vorgänger hinterließen.

„Es war so ... bitte Jungs ...", wimmert sie und zeigt Richtung Beretta.

Peng und Paff schauen einander an. „Das wäre wirklich krass", spricht Paff. „Ja, das wäre krass", stimmt Peng zu. „Wir haben das alles ... wir haben ...", beginnt Ria, doch es ist zu spät: Eine neue Welle trifft ein und schüttelt sie durch, sie peitscht vor und zurück, reißt an ihrer Hand, was sie dann neu peitschen lässt. Zwei Minuten später liegt sie mit der Wange auf dem Arbeitstisch und keucht. Alles flimmert und die Beretta lächelt sie an unerreichbar.

Peng und Paff haben abgewartet, bis sie wieder sprechen kann. Der Schmerz ist so ... so ... so ... so unendlich und sie uriniert einen kleinen Rest, einen winzigen Rest, der noch in ihrer Blase war, einfach so im hängend-stehend an-auf der Werkbank.

„Gibt es irgendeinen Beweis. Kannst du beweisen, dass das stimmt?", fragt Paff. „Ja, das wäre echt ein Ding. Hast du einen Beweis?", spricht Peng ihm nach.

Ria sucht fiebrig in ihrem Hirn und findet nichts. Alles ist von ihren Kollegen versteckt, getarnt, nicht sichtbar. Mühsam hebt sie den Kopf, denn ach doch. „Freddy ... Freddy ...", keucht sie. „Was ist mit Freddy?", fragt Paff mit Händen in den Taschen. Da ist eine Leere in Ria ... aber vielleicht. „Freddy ... sie lebt. Bestimmt wohnt sie in meiner Wohnung und hat die Küche lila gestrichen", lallt sie wie im Wahn. Ihr flimmert vor Anstrengung und vor Angst vor dem nächsten Schmerz und ihre Zunge ist so schwer.

Das war Unsinn. Das war nur ihr Wunsch. Natürlich heißt Freddy längst nicht mehr Freddy und lebt in einer anderen Stadt mit neuer Identität.

Trotzdem: Sie soll es für Peng und Paff wiederholen, denn sie lallt zu sehr. „Kannst du den Schraubstock etwas lösen, wir verstehen sie ja gar nicht mehr", spricht Peng an Theo gewandt.

„Das bringt nichts. Das wird nicht besser. Es tut in beiden Fällen ab jetzt gleich weh, sie ist hin", erklärt Theo leger hinter ihr und Peng versteht. Es gibt kein zurück. Ria ist auf ihrem letzten Weg. Der Schraubstock! Ria wiederholt und keucht, hängt auf der Werkbank und hat nur vor Einem Angst: der nächsten Bewegung.

Wie in Trance sieht sie, dass Paff sich abwendet mit dem Handy am Ohr. Er telefoniert, macht ein paar Schritte in den Raum von ihr abgewandt. „Bitte ... meine Beretta ...

bitte ... nur einen Schuss ... bitte, ich bin es doch", wimmert sie und es ist ein Wunder, dass noch Tränen fließen. Ihre Finger kratzen auf dem Holz. Es ist die einzige Bewegung, die sich traut. Für einen kurzen Moment ist da die Hoffnung, Peng schiebe ihr die Waffe zu, aber nein. Es sah so aus, doch er schiebt sie nicht. Sie hat sich getäuscht.

Paff kehrt zurück, hat das Handy wieder eingesteckt und beide schauen sie Ria an in ihrer teilnahmslosen Art. „Gibt es noch mehr von euch?", fragt Paff und Ria nickt vage, minimal. So viel Spielraum hat sie und sie flüstert bereits im Wahn.

„Wie viele?", fragt Paff ungerührt. „Ich weiß es nicht", haucht sie zurück. „Ich weiß auch nicht, woher", spricht sie und sabbert wieder, neuer Schmerz kündigt sich an, eine neue Welle und zudem krampft sie jetzt überall. Es flimmert in ihr. „Ich kenne sie nicht", haucht sie und Theo bricht ihr den Finger.

Ist kein Problem für ihn. Ihre Finger stehen am Schraubstock ab in alle Richtungen und Ria fliegt hin und her von Krämpfen gepackt und geschüttelt im Schraubstock eingefasst.

Eine Viertelstunde später ist es nicht mehr so schlimm. Wieder liegt sie auf der Fläche und es ist wie ein kleines Wunder, so dankbar ist sie. Der Schmerz hat nachgelassen, dieser eine, der ganz schlimme. Jetzt ist alles eher wie ein Brei, ein Sumpf und ihr ist, als ob sie schwebe.

Sie hat Fragen beantwortet, weiß aber nicht welche. Ihr fehlt das Kleid. Sie hängt jetzt nackt vor der Werkbank. Sie wurde ausgezogen, doch sie hat nichts bemerkt und weiß nichts davon. Alles, was zählt, ist der Schmerz und die Beretta, die sie nicht erreichen kann.

„Bitte, bitte, bitte ...", flüstert sie beinahe unhörbar und heiser, schaut mit der Wange liegend auf der Tischfläche in

Richtung ihrer Waffe. Sie will das Ende, braucht das Ende. Aber jemand spricht zu ihr.

Es ist Theo: „Das ist das Problem. Man weiß nicht so richtig, was man glauben soll. Sie antworten alles, nur damit es aufhört. Es ist immer so. Wenn ich mir gleich die andere Hand vornehme, wird sie wieder alles leugnen und war gar nicht bei der Polizei, sondern der Feuerwehr", erklärt er Peng und Paff.

„Ja, ja klar", stimmt Paff zu. Das Problem kennt er auch. „Ja logisch", ist auch Peng mit dieser Meinung einverstanden.

„Was machen wir jetzt mit ihr?", fragt Theo und Peng und Paff schauen einander an. Ria hört es nicht. Sie sabbert. Ihr Gesicht liegt in einer Speichelpfütze und sie nimmt alles nur am Rande wahr, schaut auf ihre Waffe, ahnt die nächste Welle.

„Wir müssten schon wissen, wie es wirklich ist", spricht Paff und nickt. „Ich glaube nicht, dass sie mehr weiß, wenn es stimmt", erklärt Peng. „Nein, ich auch nicht. Sie war immer sehr zugänglich", erklärt Paff.

„Bitte ... Marco, Corto ... bitte ...", haucht Ria rau mit letzter Kraft, schiebt ihre Hand in Richtung der Beretta. Es ist so bedauerlich, wie sie da hängt. Neben dem Schmerz ist es diese Lage, dieses eingespannt vor der Werkbank. So sehr hat sie an ihren Gelenken gerissen, alles schmerzt. Sie erhascht einen Blick nach hinten, irgendwie an ihrer Schulter vorbei. Theo steht dort mit offener Hose und onaniert. Es macht etwas mit Ria. Noch macht es etwas, aber nicht viel. Die Amerikanerin fällt ihr ein, diese Blonde in der Plane. Für sie wird es schlimmer gewesen sein als für Ria. Da hatte Theo freie Bahn. Peng und Paff schützen sie, schützen noch immer. „Theo macht nicht alles mit mir, was er kann. Es könnte noch schlimmer …“, denkt Ria in einem klaren Moment und schließt ihre Augen.

Jemand fasst sie an, es ist eine Berührung von links, auf ihrer linken Seite, der schlimmen und sie befürchtet neue Grausamkeit, aber nichts passiert. Doch Theo steht rechts, also muss es der Cleaner sein auf ihrer linken Seite, schlussfolgert Ria wie im Wahn. Der Cleaner ist an ihr dran, hat sie berührt, hat sie gestreichelt, jetzt aber nicht mehr. Aus einem Grund, den sie nicht kennt, bestürzt sie das mit dem Cleaner noch mehr und er steht hinter ihr. Mit Theo wahrscheinlich und sie wollen … wollen jetzt gemeinsam mit ihr …, wo sie nur noch Brei ist …

„Wir könnten ihr die Pistole geben. Sie war wirklich immer gut mit uns“, spricht Peng und neue Kraft baut sich in ihr auf, ein kleiner kläglicher Rest und sie wagt es und dreht den Kopf auf dem Tisch, so dass sie ihn sehen kann. Unbewegt schaut Peng auf Ria, wie immer ohne Emotion. Doch da muss Emotion sein, sonst hätte er es nicht vorgeschlagen. Da muss ein Rest Gefühl und Mitleid sein. Sie ist doch ihre Ria, ihre Ria, ihre Ria … hallt es in ihr und sie versteht es nicht, sie versteht es nicht, sie versteht es nicht … und neue Hoffnung ist. Ihre Beretta …

„Euer Fall, eure Entscheidung“, spricht Theo von hinten.

Paffs Handy meldet eine Nachricht, ein Piepen. Paff kontrolliert die Nachricht, massiert kurz seine Unterlippe. „Was Neues?“, fragt Theo, aber Paff schüttelt den Kopf. „Nein, ein Einsatz, wir müssen los“, spricht er tonlos und nickt zu seinem Bruder.

„Und sie? Lasst ihr sie uns hier?“, fragt Theo und es klingt eifrig. Da ist Wunsch in seiner Stimme. „Fänden wir gut“, meldet Theo Interesse an Ria an und sie wird am Hintern gestreichelt, spürt einen widerlichen Finger. Paff nickt. „Klar, wenn ihr wollt“, antwortet er.

Eine neue Nachricht trifft ein auf Paffs Handy. Ria kennt das. Neuer Auftrag, viel zu klären. Sie ist nicht mehr da für ihre Brüder. Sie sind geschieden. Sie hängt am Schraubstock. Sie existiert nicht mehr für sie. Ria weiß, es wird ihr wie der Amerikanerin ergehen. Es wird der lange Weg und vom Rand ihres Blickfeldes sickert Schwärze. Immer kleiner, immer weniger ist es, was sie erkennen kann. Jemand packt in ihr Haar von hinten und zieht sie hinauf. Hände sind an ihr. Theo fängt an, will anfangen mit ihr unten-hinten, da wo es hineingeht. Wie in Zeitlupe sieht sie Paff, der Peng sein Handy hinhält, sieht noch wie sie einander anschauen, anschweigen mit ihrem emotionsfreien Blick. Ihr nächster Auftrag beginnt und so oft war sie dabei, doch Ria ist nicht mehr ihre Schwester. Sie gehört jetzt Theo und dem Cleaner und dann wird es dunkel.

Kapitel XXXXV

Ria erwacht und ist sich einigermaßen sicher am Leben zu sein. Sicher ist: Sie ist weder im Himmel noch in der Hölle. Das steht so gut wie fest. Ria ist auf der Erde und am Leben, ja sogar im gleichen Körper wie immer. Drei Indizien gibt es für diese These:

Erstens hört sie einen Vogel. Er zwitschert und wo es Vögel gibt, kann weder Himmel noch Hölle sein. Vögel sind lästig, gehen Ria auf die Nerven und kacken überall hin. Schon deshalb ist Himmel ausgeschlossen. Himmel mit Vogel ist nicht denkbar für sie. Für die Hölle sind Vögel aber zu schön, zu flauschig und zu zerbrechlich. Außerdem fliegen Vögel am Himmel, den es in der Hölle natürlich nicht gibt. Also ist auch die Hölle unwahrscheinlich.

Zweitens fühlt sie saubere Bettlaken. Sie liegt in einem sauberen Bett. Wäre sie in der Hölle, so wäre sie da, wo sie zuletzt war, in ihrer letzten Erinnerung. Doch wäre sie im Himmel, so hätte sie diese Erinnerung an das Letzte nicht.

Ria ahnt, sie liegt in einem Hotelzimmer. Genau so fühlt es sich in Hotelzimmern an, mit den Laken, dem Geruch und dem Raumgefühl, diesem Gedämpften.

Drittens fehlt ihre Hand. Sie fühlt es. Sie ist nicht mehr da. Sie braucht nicht hingreifen oder tasten. Die Hand ist ab, wahrscheinlich amputiert. Das ist schön. Eine schöne Vorstellung ist das, denn das Ding, was sie zuletzt im Schraubstock sah, das, was ihre Hand einst gewesen ist, will sie nicht mehr haben. Die sollte ab sein, die war zu kaputt da im Schraubstock.

Da sie aber nur eine Hand hat, kann sie nicht im Himmel sein, denn dort haben alle zwei Hände, mindestens.

Und noch einen Hinweis gibt es, fällt Ria auf. Sie hat Hunger. Hunger aber hätte sie im Himmel nicht, da gibt es so etwas nicht und in der Hölle wäre er nicht so schlimm wie ihrer, nicht so groß und stechend.

Vier Hinweise also. Sie lebt und ist auf der Erde. Sie könnte es überprüfen und die Augen öffnen. Dann müsste sie als Erstes auf einen Rauchmelder an einer Hoteldecke schauen.

Ria will nicht. Sie will weder leben noch die Augen öffnen, doch sie tut es. Sie öffnet ihre Augen und ... schaut auf einen Rauchmelder. Treffer! Sie ist wieder da. Wieder zuhause in Bogota. Leider.

Ganz still liegt sie und tastet den Raum ab mit ihrem Blick. Hotelzimmer, Standard, gehobene Kategorie und eine Durchgangstüre gibt es. Sie steht offen, doch außer dem dummen Vogel da draußen vor dem Fenster, hört sie kein Geräusch.

Ria überlegt. Sie ist erschöpft, matt und dumpf. Aber lebendig. „Wie kann das sein?", fragt sie sich. Da wo sie war, wo sie zuletzt gewesen ist, überlebt man nicht. Dass jemand dem Schraubstock überlebt, davon hat sie noch nie gehört. „Wie kann das? Am Schraubstock?", fragt sie sich neu zwei Minuten lang und staunt unfröhlich.

Etwas ist anders. Sie fühlt anders. Es fühlt sich anders an. Ihr Leben ist anders jetzt. Es ist etwas mit ihr passiert, etwas, was alles für immer anders macht. Sie wird nicht mehr lachen können. Sie weiß es. Unmöglich ab jetzt.

„Wie kann das?", fragt sie und schluckt hart. „Wie kann ich am Leben sein?" Ihre letzte Erinnerung sind ihre ehemaligen Brüder, die im Tunnel verschwinden. Es war dieser Tunnel ihrer Ohnmacht und sie wird für das Undenkbare gepackt, nach hinten an den Haaren gezogen, die fremden Finger am Körper. Aber jetzt liegt sie hier, sehr hungrig, überhungrig, über-ober-hungrig und ist einigermaßen intakt. Bis auf die fehlende Hand.

Es muss etwas passiert sein, als sie nicht bei Bewusstsein war. Es muss etwas geschehen sein, etwas, was sie nicht kennt. Vielleicht haben sie ihre Kollegen befreit. Die Kollegen der Polizei.

Da war während all dieser Folter und dem Leid an der Werkbank kurz dieser Gedanke. Vielleicht können ihre Kollegen doch ihre Position orten, hören was ihr passiert, da am Schraubstock und schicken Hilfe aus reinem Erbarmen. Wirre Vermutung, wirrer Wahn in verzweifelter Hoffnung bei Todesqual war das gewesen. Eigentlich kann das nicht geschehen sein, aber jetzt liegt sie hier.

Irgendetwas, irgendwer hat sie befreit, gerettet im letzten Moment, vom Schraubstock weg. Leider. Es war doch schon so gut wie vorbei ... wozu? Sie war doch so gut wie erlöst. Und jetzt das hier ... ein Rauchmelder an der Decke.

Sie hebt ihre rechte Hand. Bis auf ein paar Schrammen und lädierte Nägel ist sie intakt. Man hat ihr die rechte gelassen. Auch das. Immerhin, eine Hand hat sie noch ...

Eine Idee flackert auf und sie greift mit ihrer rechten Hand, der einen, daran wird sie sich gewöhnen müssen, nach hinten unter ihr Kissen und ertastet sie: Ihre Beretta!

Schnell zieht sie sie hervor, so schnell sie kann, entsichert, drückt sich die Waffe in ihren Mund und drückt ab. Es ist logisch. Ria will nicht mehr. Sie will nicht mehr leben und es pressiert ihr mit dem Sterben. Schnell eine Kugel in den Kopf, nicht, dass ihr wieder etwas dazwischenkommt. Das

Grauen hallt nach. Sie wird nie mehr lachen können. Das Letzte, das, was ihr passiert ist an der Werkbank, ist noch da. Es ist in ihr. Sie kann es spüren. Sie ist nicht mehr. Ria, ihr ich, ist auf dem Werkzeugtisch geblieben, vermutlich gestorben oder mit der Hand amputiert.

Nichts. Die Kammer war leer. Kein Schuss wird ausgelöst. Mühsam mit flinken Fingern löst sie das Magazin aus der Beretta. Mit einer Hand in weichen Laken liegend, ist das nicht leicht. Patronen sind im Magazin, also steckt sie es zurück, eilig und schnell, wirft die Decke zurück, klemmt die Waffe zwischen ihre Knie und zieht den Schlitten, läd durch. Geladen, jetzt aber ... sie nimmt die Waffe auf, will ansetzen und Peng erscheint in der Durchgangstüre zum Nachbarzimmer. Rosefarbenes Hemd, Anzughose. Paff gleich hinterher, weißes Hemd.

Ria zielt auf ihn. Es ist Automatismus. Es ist trainiert, richtet sich immer in Richtung der Gefahr. „Da bist du ja", spricht er, als habe er sie im Zimmer nebenan gesucht. „Ja, da bist du ja", spricht auch Paff. Ria hält die Beretta. Ihre Brüder stehen mit Händen in den Taschen entspannt und schauen sie an mit ihrem leblosen Blick.

Ria könnte abdrücken, jetzt! Es wäre ein Fingerzucken, also zwei Zucken und Ria lächelt nicht. Es wäre einfach, aber sie will es fühlen und genießen. Also wartet sie ab und das Gefühl wächst in ihr, wird größer. Hier so, in diesem Hotelzimmer ... jetzt, es wäre ganz leicht. Diesmal, diesmal hätten die Brüder keine Chance, denn sie haben keine Waffe. Es sind nur drei Meter und Ria ist nicht schlecht. Sie trifft. Sie träfe.

„Es gibt Maracuja-Marmelade, Frühstück sie haben Maracuja-Marmelade", empfiehlt Paff. „Ja, haben sie. Maracuja ist da", bestätigt Peng. Noch einen Moment zielt sie mit der Beretta, es schwankt in ihr, sie schwankt, pendelt zwischen ... zwischen ... ja, sie hat Hunger. So groß ist der Hunger. Überobergroß!

„Maracuja, ja, das wäre schön", denkt sie, senkt die Waffe bereits und zieht sie wieder hoch. Peng und Paff schauen einander an. Ria weiß, ihre Brüder verstehen nicht. Sie fühlen nicht, sie wissen nicht, was Ria da macht. Ihnen fehlt systematisch diese Motivation. Sie schwanken nie. Es ist unlogisch für sie. Genau das, diese Gefühle, können sie nicht nachvollziehen. Für sie ist alles gut und in Ordnung und sie verstehen es nicht und werden es nie, da sie keine Menschen sind. Ria lässt die Waffe sinken. Nicht schuldfähig, eindeutig nicht schuldfähig, weiß sie und legt die Beretta auf die Decke.

„Maracuja wäre schön, ja", nickt sie und weint.

Sie bekommt sogar drei Croissants und drei Kleckse Marmelade und drei Klöpschen Butter. Kein Wunder und ist logisch, denn sie hat zwei Frühstücke verschlafen. Geschlafen wie ein Stein hat sie und Peng und Paff hatten sogar schon Angst um sie gehabt. Kleiner Scherz, natürlich nicht!

Das verstanden sie. Nach dem Foltern darf man müde sein, das ist normal, wissen sie.

Es wird besser. Alles ist besser schon jetzt. Kaum ist das zweite Croissant gegessen, hat sie den Verdacht, irgendwann wieder lachen zu können. Vielleicht nicht so richtig, nicht mehr so wie früher, so frei und unbeschwert aber immerhin. Bestimmt stand sie einfach nur unter

Schock, nach dem Aufwachen. Kann nach so einer kleinen Folter ja einmal passieren.

Ein weiterer Grund für ihre stark gestiegene Laune ist: „Das mit der Hand wird wieder gut", haben sie ihr erklärt. „Ja, das wird wieder gut", hatte Peng zugestimmt ... und wenn es beide behaupten, dann muss es ja stimmen.

„Ist nur betäubt, deshalb fühlst du nix, aber es gibt Skiunfälle, die sind schlimmer", berichtet Paff und Peng nickt und weiß, dass es schlimmere Skiunfälle gibt. Und Ria weint und ist verwirrt. Bestimmt hat sie die beiden Irren in ihrem Koma sogar vermisst.

Wollte sie sie vor einer Viertelstunde wirklich töten? Ja, wollte sie und eine Instanz in ihr will es noch immer. Aber zunächst schmeckt das Croissant so himmlisch und es gibt Maracuja-Marmelade.

Und dann gestehen sie. Peng verrät es: „Wir haben sie extra für dich gekauft", erklärt er und Ria kommen die Tränen. Nein, sie wird die beiden nicht töten können, nie im Leben! Und es liegt nicht an der Maracuja-Marmelade.

Nein, echt viele könnte sie töten. Beinahe alle Menschen, kein Thema, von Kindern und Mongoloiden abgesehen, das kann sie und hat sie gelernt. Aber nicht diese beiden Irren, denn sie sind wie Kinder und ... ihre Brüder. Sie kann es einfach nicht. Dabei liegt die Beretta neben ihr während des Frühstücks, durchgeladen und griffbereit. Ria täte der Welt wahrlich einen Gefallen, wenn Peng und Paff nicht mehr wären.

Andererseits ... wer soll für die Azteken denn die Drecksarbeit machen, wenn nicht die beiden? So gutes Personal ist schwer zu bekommen. Und sie erschrickt ob dieses Gedankens. Sie muss verwirrt sein, noch immer unter Schock.

Da wäre aber noch ein Detail, eines das zu klären wäre. „Warum lebe ich noch?", fragt sie und ihre beiden ehemaligen- und jetzt-wieder-Brüder schauen einander an. „Den Schraubstock überlebt niemand", spricht sie und jetzt doch: Das Gefühl schlägt hart in ihr an. Da ist es wieder dieses Bittere das Erlebte, diese grenzenlose Qual. Es ist nicht einfach weg und vergessen, im Gegenteil. Sie hat nur noch nicht hingeschaut, noch nicht damit angefangen.

„Das sind Gerüchte", widerspricht Paff. „Ja, das sind Gerüchte, um Angst zu machen", pflichtet ihm Peng bei. „Ja, um Angst zu machen", doppelt Paff.

Beide haben sich auf Rias Bettkante gesetzt und frühstücken so auf gewissen Weise mit ihr mit. Es gibt ja auch noch Brötchen und Schinken. Nicht nur Maracuja-Marmelade. Niemand kann nur Maracuja-Marmelade essen.

„Ich war auch einmal am Schraubstock", gesteht Paff und schaut auf seine Hand. „Da waren wir zwölf", erinnert ihn Peng und da, in diesem Moment muss Ria grinsen. Das erste Mal, obwohl ihr gar nicht danach ist. Ihre Brüder können witzig sein, wenn man sie kennt und ... wenn sie nicht deine Feinde sind.

„Und du konntest es nicht sein, die auf dem Foto", schüttelt Paff den Kopf. „Es war ein Missverständnis", „Ja, ein Missverständnis", weiß auch Peng.

Dann schweigen alle drei, wenn auch aus verschiedenen Gründen. Ria weiß, dass es kein Missverständnis war. Es war bestimmt eines dieser endlos vielen Abschlussfotos irgendeines Seminars an der Polizeiakademie, die sie geschossen haben. Nur das kann es sein. Das wäre logisch. Das ist dem Sachbearbeiter für „neue Lebensläufe" einfach entgangen.

Paff und Peng aber haben einen anderen Grund und zögern, rücken dann erst damit heraus: „Die Story ist zu absurd", erklärt Paff. „Ja, zu absurd", spricht Peng und beide nicken. Ria versteht. Niemand befreit so als Agentin den Patienten auf 504, niemand lässt von den Drachen ihre Freundin töten, niemand tötet Malat mit Spritze im Hals und keine Agentin fickt härter als alle Nutten und so weiter. Nicht möglich. Frei erfunden, es muss frei erfunden sein. Ria schluckt. Die Wahrheit glaubt man ihr nicht, aber sie will sich nicht beschweren.

Es ist zu viel. Ria ist überlastet. Da sind zu viele Gefühle in ihr. Und vieles hallt nach, was sie nicht verstanden hat und nicht verstehen will. Aber was soll sie machen? Sie sitzt im Bett als Frühstücksprinzessin mit den wahrscheinlich gefährlichsten Killern der Welt.

Und dann fragt sie es und schon währenddessen kullern ihre Tränen: „Dann bin ich wieder eure Schwester?", fragt sie und hält ihre bandagierte Hand hoch, dort wo das Tattoo unter dem Verband sein muss. Und es passiert etwas, was sie nie für möglich gehalten hätte: Es ist ein Zucken um die Augen ihrer Brüder, ein Ansatz von Ergriffenheit, ja, sie kann erkennen, dass beide etwas unterdrücken! Da ist ein Gefühl! „Natürlich" sprechen sie und es klingt gepresst und beide kauen auf ihrer Spucke.

Ria lehnt sich zurück in ihr Kissen und schließt ihre Augen. Was für ein Glück sie hatte! Sie ist entkommen! Sie haben ihr die Wahrheit nicht abgekauft! Sie ist ... sie kann ihr Glück nicht fassen und ist geblendet.

In ihrem Glück kann sie nicht erkennen, dass es kein Glück war, nicht gewesen sein kann. Es war etwas ganz anderes.

Kapitel XXXXVI

Dublin, Mailand, Hunsrück und wieder zurück nach Spanien, Zaragoza. Doch ist es nicht mehr das Gleiche. Es fühlt sich nicht mehr gleich an, ist nur noch Abklatsch.

Und das liegt nicht daran, dass Ria nur mitfährt und die beiden Brüder die Aufträge alleine erledigen müssen. Sie kann ja nicht, ist zu gehandicapt mit ihrer Hand in Gips. Sie schmerzt höllisch, immer wieder. Aber besser wird es.

Nein, es hat sich etwas verändert zwischen ihnen. Das an der Werkbank hat etwas mit ihnen gemacht und es liegt an Ria, ganz klar. Zwar tut sie fröhlich und versucht trotz Gips-Verband wie immer zu sein, aber sie ist es nicht. Zu schwer drückt die Erinnerung, zu viel war es und zu schmerzhaft. Sie kann es nicht verwinden. Ihre Brüder wollten sie am Schraubstock Theo und dem Cleaner überlassen. Sie hätten sie dort krepieren lassen, elendig im Schlimmsten alles Schlimmen, ohne mit der Wimper zu zucken, sie ihre Ria!

Das geht nicht. Das kann sie nicht schlucken und schluckt es doch. Vielleicht ist verständlich, dass man stundenlange Folter nicht mit dem Kauf eines Glases Maracujamarmelade wiedergutmachen kann. Obwohl ... die Geste zählt.

Es hat sich verändert. Auch der Sex ist nicht mehr so gut. Mindestes einmal am Tag findet sie ihn nur noch mäßig und auch hier ist es nicht die schmerzende Hand, die stört. Die Verletzungen sind nicht im Körper, sie sind in der Psyche und das wird dauern. Ihre Beziehung ist gestört, das

Vertrauen erschüttert, so sehr Ria sich auch bemüht. Klar, das am Schraubstock war nicht persönlich gemeint, aber trotzdem.

So geht es nach dem Frühstück aus Zaragoza heraus mit kleinem Gepäck. Der Auftrag geht aufs Land, haben die Brüder gesagt und Ria sei perfekt fürs Schmiere stehen. Hoodie, Wanderstiefel, Leggins sind geraten. Eine Landpartie. Hatten sie lange nicht mehr und Ria freut sich. Sie würde sich freuen, wenn sie sich mit ihren Brüdern noch freuen könnte.

„Was steht an?", fragt sie von der Rückbank aus und ihre Brüder schauen stur zur Windschutzscheibe hinaus.

Sie schweigen und sie schweigen überlang und Ria fällt es auf. Nein, sie hat keine Angst, hat sie nicht mehr vor ihnen. Ihre Angst vor ihren Brüdern ist aufgebraucht für immer im Keller einer Molkerei. Aber etwas ist anders auf dieser Fahrt und sie bemerken es und sie merkt, dass sie es bemerken. Blicke gehen hin und her und Peng auf dem Beifahrersitz klappt seine Sonnenblende, damit er sie im Schminkspiegel beobachten kann. Schon nur das ist ungewöhnlich.

„Wir setzen dich ab", spricht er und Ria weiß nicht, was er meint. „Wie? Was heißt das?", fragt sie und ihr Hals wird trocken, jetzt doch.

Die Brüder tauschen einen Blick. „Wir haben uns beraten lassen und ...", spricht Peng, atmet einmal tief durch und dreht sich dann zu ihr herum. „... uns wurde gesagt ... also, man hat uns geraten, dass wir nicht mehr zusammenarbeiten können, nach dem, was passiert ist. Die

Vertrauensbasis ist vielleicht gestört", spricht er den längsten Satz, den Ria je von ihm gehört hat. „Vertrauensbasis genau", repetiert sein Bruder vom Fahrersitz aus.

Ria lächelt und nickt. Jetzt ist sie es, die schweigt und schweigt und schweigt und aus dem Fenster schaut, während zwanzig Minuten Spanien am Wagen vorbeigleiten.

„Ja, stimmt vielleicht", gibt sie zu und alle schweigen.

„Wo bringt ihr mich hin?", will sie wissen. „Zu einem Treffpunkt. Wir setzen dich ab und du wirst aufgepickt", erklärt er. „Wo komme ich hin, zu einem anderen Kommando?", fragt Ria weiter und fühlt nichts. „Keine Ahnung", antworten sie beide synchron und Ria glaubt ihnen. Das wäre typisch und normal. Natürlich weiß die linke Hand nicht, was die rechte tut.

„Glaube nicht", erklärt Paff nach einer Minute und Peng schaut zu ihm und wiederholt die Vermutung nicht.

Eine Abbiegung wird genommen und noch ländlicher wird es. Hier ist Spanien richtig Spanien. Felsmauern, halbhoher Wald, alles ist etwas trocken aber nicht zu sehr. Es ist kein wirklich heißer Tag. Es will nur heiß werden, doch Wolken ziehen mit blauem Himmel gemischt.

Da ist noch etwas, da ist noch etwas, was Ria ihnen sagen will, „nein" sagen muss. Sie zögert, aber es muss.

„Wisst ihr ...", beginnt sie und ihre Stimme versagt für einen kurzen Moment. „... ich habe mich wirklich einmal bei der Polizei beworben", gesteht sie und zupft am Ärmel ihres Hoodies. Beide schauen über Spiegel zu ihr nach hinten und ihr Blick streift ihrer und sie schaut zur Seite heraus. „Aber sie haben mich nicht genommen", gesteht sie weiter, was nicht gelogen ist. Ihre erste Bewerbung wurde abgelehnt.

„Warum?", fragt Paff und beobachtet sie über den Rückspiegel. „Warum sie mich nicht haben wollten?", „Nein, warum wolltest du zur Polizei?", fragt er. „Ja, warum wolltest du zur Polizei?", will auch sein Echo wissen.

Ria spielt mit ihren Fingern, macht unbestimmte Bewegungen mit ihnen, zuckt mit der Schulter und beinahe ist es ihr, als habe sie es vergessen. „Ich wollte etwas Gutes tun. Ich wollte die Bösen jagen", spricht sie und ihre Stimme bricht in einem Seufzer zusammen.

Da ist Schweigen im Wagen und die Brüder schauen einander an. „Aber das tust du doch", kontert Paff. „Ja, das tust du doch. Wer denn mehr als du?", ergänzt Peng und Ria lächelt und ... und ... dann fällt es ihr auf: Sie haben Recht. Wer, wenn nicht sie? Wer wenn nicht sie, eliminiert die Bösen, zieht sie aus dem Verkehr und schaltet sie aus? Niemand, niemand mehr als sie! Außer natürlich Geschwister vom Stamme der Azteken, die natürlich nicht, die sind tabu. Aber immerhin! Ja, es stimmt!

Und in den kommenden Minuten wird es Ria heiter und sie genießt ... sie genießt das Schweigen ihrer Brüder – wie angenehm sie schweigen können. Ja, so kann man es sehen. Alles ist gut. Ria tut Gutes, tut es die ganze Zeit. Der Gedanke ist schön.

„Sehen wir uns noch einmal wieder?", fragt Ria. „Bestimmt", „Ja bestimmt", kommt die Antwort.

„Wir sind ja nicht aus der Welt", kommentiert Paff und Ria nickt.

„Wir passen aufeinander auf, auch danach noch", spricht Peng und Ria hält die Tränen zurück. „Klar, machen wir", „Genau, machen wir", nicken alle und jetzt ist es sehr Abschied.

„Und wenn wir einmal diesem Hamit begegnen, diesem Einwanderer, auf den passen wir auch auf, versprochen, der ist ja cool", erklärt Paff und Ria wird es heiß und kalt. „Genau, der ist cool", spricht Peng.

Und Ria nickt und schweigt und beißt sich auf ihre Lippe. Es kommt so aus dem Nichts. Hamit wurde wochenlang nicht erwähnt. „Masurek nicht wahr, Hamit Masurek?", spricht Paff und Ria nickt wie in Trance. Den Nachnahmen hat sie nie genannt ... ihr Blut rauscht überlaut und dann sind sie da. Sie sind angekommen.

„Hier?", haucht sie wie benommen, denn der Wagen verzögert. „Ja hier", nickt Paff.

Sie stehen an einer Abzweigung. Es ist eine Senke und freies Feld überall und auf den Kuppen ist Wald. Einen Schotterparkplatz gibt es an der Weggabelung und Paff parkt darauf. Ria schaut sich um. Keine Menschenseele ist zu sehen, kein Bauwerk, nicht einmal ein Verkehrsschild. Nur oben auf einer der Erhebungen ist die Spitze eines Mobilfunkmastes zu erkennen.

„Du wirst hier abgeholt. Das Codewort ist „Acapulco"", erklärt Paff. „Acapulco, genau", spricht Peng und dann parken sie auf dem Schotterplatz und nichts passiert und Ria fühlt sich hilflos. Gleich wird sie alleine sein, sie spürt es schon. Wochenlang war sie es nicht, nicht richtig. Sie war ... jetzt ahnt sie es, jetzt im Abschied ... behütet, behütet von den gefährlichsten Killern der Welt.

„Steigt ihr noch mit aus?", fragt sie mit Kloß im Hals, denn in ihr taumelt, dass es das jetzt gewesen ist. „Wir müssen weiter", spricht Paff und Ria weiß, ein neuer Auftrag ...

„Könnten wir schon. Wir sind früh dran", widerspricht Peng und kontrolliert die Uhrzeit. „Ja, stimmt, wir sind früh dran", nickt auch Paff.

„Verdammt steigt aus ihr Idioten, ich liebe euch doch", faucht Ria und hält es nicht mehr aus und stürzt aus dem Wagen.

Die Luft ist schön, frisch und angenehm. Genau richtig ist sie in ihrem Hoodie und Wanderschuhen hier.

„Also hier", spricht sie und ihre beiden Brüder stehen vor ihr mit geschlossenem Anzug aus glänzender Seide, Paff in Grau Flanell mit Einstecktuch, Peng wie gerne und oft in Creme. Mit leicht geneigtem Kopf schauen sie Ria an, die Hände übereinandergelegt vor ihrem Unterbauch, beide perfekt synchron.

Ria muss schlucken. Dieser gefühllose Blick - genau so standen sie vor ihr auf dem Bahnhof Gleis eins. Ihre erste Begegnung in größter Not, genau so fiel der Schatten auf sie. Der Kreis schließt sich.

„Krieg ich eine Umarmung?", schnauft sie, hebt ihre Arme wie lahme Flügel. Natürlich bekommt sie die, von beiden sogar und es wird sogar ein wenig herzlich. Mikroskopisch herzlich, ja.

Dann stehen sie wieder wie zuvor und Peng schaut auf seine Armbanduhr. „Es könnte etwas dauern, wir sind ziemlich früh dran", erklärt er, meint, bis Ria abgeholt wird und Paff nickt und wiederholt es nicht.

„Danke für alles", haucht sie und Paff und Peng schauen einander an und dann wieder zu ihr. Ihr ist, als wollten sie noch etwas sagen, tun es aber nicht und behalten es für sich.

Ria kämpft. Sie muss noch: „Das mit der Werkbank, das hätte echt nicht sein müssen", wimmert sie und Tränen schießen ein und alles verschwimmt. Sie ist erschüttert immer noch und wird es für immer bleiben. Sie reibt sich das Wasser aus den Augen aus Versehen mit der falschen

Hand mit Verband, heult einen Moment in der Erinnerung und fängt sich wieder. Ungerührt wie immer schauen ihre Brüder sie an. „Du hast uns einen riesen Schreck eingejagt, wir dachten, du seiest bei der Polizei", erklärt Peng. „Ja, dachten wir", nickt jetzt auch Paff. Ria schluckt und beißt auf ihre Oberlippe.

„Wir haben es geglaubt", „Einen ganz kurzen Moment haben wir es geglaubt", relativiert Paff. „Ja, einen ganz kurzen Moment", nickt jetzt auch Peng und Ria weint und versteht. Sie können es nicht fühlen! Sie können es einfach nicht! Es ist nicht ihre Schuld, denkt sie und bebt.

Ruhig wie das Wasser des Nils liegen die Blicke ihrer Brüder auf ihr und sie stehen und schauen sie an. Ria schnauft, streift sich eine Träne von der Wange. „Also dann", nickt sie endlich mit geröteten Augen.

„Oh, wir haben etwas für dich", spricht Paff. „Oh, verdammt, hast du es nicht?", fragt Peng und beide schauen einander an und suchen in nie gekannter Verlegenheit irgendwo zwischen ihren mächtigen Schulterhalftern und der Jacketttasche herum.

„Ich habe es", meldet Peng und reicht es ihr und Ria staunt. Es ist ein Umschlag. Ein Umschlag aus Seide, der gleichen Seide, aus der Paffs Anzüge so gerne geschneidert sind, Grau-glänzend-Wildseide. Der Umschlag ist klein und ohne Schleife, ohne Aufschrift, pur.

„Das ... das sieht ja wie etwas Persönliches aus", spricht Ria und ihre Stimme bebt. Die gefaltete Seide ist ganz dünn. Sie fingert, will es öffnen, doch beide intervenieren.

„Nein, nein, nein, öffne ihn erst, wenn wir weg sind", spricht Paff. „Ja, wenn wir weg sind", nickt Peng. „Und spreche mit keinem drüber, das bleibt unter uns, nur unter uns", erklärt Paff. „Ja, das bleibt unter uns, unbedingt", stimmt Peng mit ein.

„Alles klar, ja natürlich. Versprochen Killerehrenwort", spricht Ria und bildet mit zwei Fingern ein V.

Ihr ist, als wollten ihre Brüder noch etwas sagen. Schon wieder, besonders Peng, setzt an, aber dann drehen sich beide herum und gehen zum Wagen.

Ria schaut ihnen hinterher. Der Motor startet, die Reifen scharren im Split und ihre Brüder fahren die Straße hinauf und Ria weiß, keiner von ihnen schaut zu ihr zurück.

Und noch in Sicht ist da ein Impuls: Sie will hinterher, will hinter ihnen, mit ihnen! Sie gehört doch dazu. Die Tränen fließen, denn jetzt ist sie wirklich allein, alleine auf einem Schotterparkplatz am Ende der Welt, allein mit Acapulco, einer kleinen Tasche und ihrer Beretta in der Hoodie Tasche.

Ria weint. Tränen laufen, denn sie vermisst ihre Brüder schon jetzt und ist erleichtert. Es ist beides. Sie waren alles für sie in diesen Wochen. Ihre Angst, ihre Wut, ihre guten Geister, ihre Folterknechte, ihre Liebhaber, ihre Lehrer, ihr Team, ihre Feinde, ihre Freunde ... und ... vielleicht, vielleicht, haben sie ihre Schwester ein klitzekleines bisschen lieb.

Sie sind weg. Der Wagen ist über die Kuppe gebogen. Ein Greifvogel kreuzt weit entfernt die freie Fläche pfeilschnell.

Ria schaut auf ihre Hände. Der Umschlag. Die Seide. Vorsichtig öffnet sie ihn und zieht ein Bild heraus. Es ist ein Einziges, nur eins.

Die Qualität ist mäßig. Es ist ein Abzug eines Fotos aus einem Chat. Sie braucht einen Moment, um zu verstehen. Das Foto zeigt sie! Es ist Ria, halb von hinten fotografiert von der Straße aus durch das Fenster hinein in ihre Küche.

Ihre Küche, ihr Zuhause! Sie erinnert sich nicht an die Situation, aber sie sieht sich selbst! Da sind ihre Locken! Sie steht in einem Kleid, das sie nicht kennt und begreift: Das ist nicht sie! Die Person ist größer, es ist Freddy. Ihre Freddy! Freddy steht in Rias Küche und endlich hat sie die Wände in dem Lila gestrichen, das sie so mag.

Und Ria versteht alles und alles ist wieder gut.

Paul Kaufmann

Nachwort

Das ist ja ein Ding! Also doch. Da haben ihre Brüder also doch … sie haben ein Auge zugedrückt und das gegen jede Regel. Ria bleibt am Leben. Wider besseres Wissen!

Oder nicht? Oder ist das vielleicht ein Plan? Ein Plan im Plan?

Erst einmal wundert sich der Laie und der Fachmann staunt: Auch Psychopathen können Gefühle. Auch Peng und Paff haben Herzen und sie zeigen sich, wenn es Ria ist, die da im Schraubstock hängt. Sie lassen sie eben doch nicht verrecken.

Natürlich ist mit Ria nicht alles gut. Es ist nicht nur die Hand verletzt und die nächsten Wochen außer Gefecht. Ria ist angeschlagen und sind wir einmal ehrlich, versetzen wir uns in ihre Lage: Sie ist urlaubsreif, mindestens, oder findet ihr nicht?

Das wäre dann … Urlaub mit Azteken.

Nur ist das als Angestellte eines Verbrecherkartells so eine Sache. Urlaub ist nicht vorgesehen. Ich will nicht zu viel verraten: So richtig Erholung wird das nicht und überhaupt: Man muss ihn ja erst einmal erreichen den Urlaubsort. Nicht einfach, wenn man nicht weiß, wo er ist und nur ein Codewort hat.

Ein Hinweis: Acapulco ist es nicht, auch wenn das Ziel so heißt. Es wird ganz anders kommen.

Und, seid ihr sehr aufmerksam gewesen, habt euch nicht blenden lassen von dem ganzen Theater, Schraubstockschmerz und Rias großer Not, so wird es euch aufgefallen sein: Etwas stimmt nicht. Etwas kann nicht sein, da es die Logik bricht.

Noch immer gilt, in diesem und dem nächsten Band: Nichts ist, wie es scheint.

Empfehlungen aus Kap Kishon:

Hanna und die Räuber – Ein Roman mit schön viel Angst
Es ist kein Krimi, es ist kein BDSM, es ist ein Roman mit beidem davon. Aber Vorsicht: Was so leicht daherkommt, ist der härteste Roman aus Kap Kishon, denn Hanna macht sie alle verrückt. Entführung hin oder her, Hanna ist zu devot.
Taschenbuch & Kindle & KindleUnlimited

Lucca und der Stier – Ein Roman über und für Männer.
Lucca Leggero hat ein Problem und weiß es nicht. Seine Frau ist abgehauen und er hat Glück und findet sie nicht. So muss er entdecken, was ihm fehlt: Kontakt zu seiner Männlichkeit
Sehr turbulent wird es und weit ab von sanft und Mainstream, denn, die Hilfe, die da naht, ist alles andere als zart.
Taschenbuch & Kindle & KindleUnlimited

Kommissar Waporetzki – zwei Fälle bisher
Der Kommissar aus Bandan. Wider Willen muss er ran. Er will nur seine Ruhe eigentlich, doch er bekommt sie nicht. Wie auch? Überall gefährlich schöne Frauen.
Taschenbuch und Kindle

Sehnsucht bei flacher Atmung – Mein Leben mit Depression. Komm mit. Ich zeige dir meine Depression. Ich zeige dir, wie sie ist, was sie angerichtet hat, wie ich sie verstehe. Keine Angst, sie steckt nicht an. Ich kenne mich aus, ich habe sie schon mein Leben lang.
Frei und geradeaus geschrieben, ja, sogar dann und wann heiter, denn nimmst du die Depression zu ernst, bist du erledigt.
Taschenbuch & E-Book

Und viel mehr auf: